ジングル・ジャングル

桜木知沙子

幻冬舎ルチル文庫

CONTENTS ✦目次✦

ジングル・ジャングル

✦イラスト・梶原にき

✦カバーデザイン＝久保宏夏（omochi design）
✦ブックデザイン＝まるか工房

ジングル・ジャングル

枯れ葉が足元で乾《かわ》いた音を立てた。

見上げると街路樹《がいろじゅ》の葉はもうわずかしか残っていない。水分をすっかり失った幹《みき》や枝がどこか寒さを感じさせる。

前野《まえの》さんの家——第一あけぼの荘へ向かう、大学からの歩き慣れた帰り道。ほとんど毎日のように通る道なのに、そのことになぜか今日ふと気がついた。

緑が好きなぼくにとってはつらい時期だ。いっそ雪が降って、木々が冬眠に入るように寡《か》黙《もく》になると逆にほっとするものの、今みたいな状態が一番苦しい。木の寂《さび》しさや孤独がじんわりぼくにも伝わってきて、なんだかやけに物悲しい。自然の感情が人間に伝染することってあるんじゃないかって気がする。

しかも夕暮れ。橙《だいだい》色の夕陽が輪郭《りんかく》を滲《にじ》ませて遠くの空に沈んで行きかけている。

「——すっかり秋だな」

思っていたことを突然響《ひび》いた低音でぴたりと言葉にされて顔を上げた。横を歩く前野さんが軽く視線をあげて街路樹を眺《なが》めていた。

「——なんか寂《さび》しいですよね」

ぽつりと呟《つぶや》いたぼくに、前野さんは切れ長のまなざしを向けた。

——ああ、前野さんの目って秋が似合うな。

不意にそんなことを思った。前野さん自体の雰囲気っていうのは、整いすぎた容姿とは裏腹にどこかほわっとした柔《やわ》らかなところがあって、不思議と春っぽさが漂《ただよ》っている――とはいっても、その内面には真冬の吹雪《ふぶき》みたいなものすごく激しい一面もあるってことは身をもって経験してるんだけど。

「寂しい、かな」

前野さんの足に踏まれた葉が、かさ、と音をたてた。

「確かに作原《さくはら》みたいなタイプには寂しいだろうな」

悪戯《いたずら》っぽく、でも優しく微笑《ほほえ》んでみつめられて、どうせと照れ隠しに呟いた。

ぼくは徹底的な緑大好き人間で――いや、好きというレベルじゃなくて必需品と言っていいかもしれない。だから木から緑の葉が消えてしまう秋から冬は、ぼくにとっては苦手な季節なのだ。

理由なんてわからない。ただ木々の緑に囲まれているとそれだけで落ち着いてしまう。ちいさな頃から緑は緊張しがちなぼくの精神安定剤みたいなものなのだ。一番の居心地《いごこち》のいい場所。もっとも最近はもうひとつ――もしかしたらそれ以上に居心地のいい場所をみつけてしまったんだけれど。

……あ、まずい。顔が赤くなりそうだ。

「ひとつ終わるとまた次があるだろ」

ぼくの表情の変化に気づいているのかいないのか、相変わらずの飄々《ひょうひょう》としたマイペースな表情がぼくを見る。

「秋が終わったら冬、冬が終わったら春ってさ。そのときそのときを終わらせたら、また次の季節が来るから――確かにひとつ季節が終わるのは寂しいけど、終わるんじゃなくて変わっていってるだけだからさ、きっと」

――ああ、そうか。これがぼくと前野さんの違いで、ぼくが前野さんに惹《ひ》かれる原因でもあるんだ。

前野さんはいつも前を向いている。後ろを振り返ってばかりいるぼくとは大違いだ。

それでもこれで少しはマシになったほうだと思う。以前のぼくなら寂しさのほかに、もっともっと負《ふ》の感情が一緒にわき出てきていた。何もできなかった夏の後悔とか、根雪《ねゆき》に覆《おお》われた冬の憂鬱《ゆううつ》さとか。

でも前野さんといるようになってちょっとはその暗さ、というか――妹のあやか曰《いわ》く「爺《じい》さんくささ」……というものは大分《だいぶ》減ってきたと思う。

前野さんはぼくにパワーをくれるから。まだまだ理想の自分になんて近づけないけど、それでも。

自分に自信がなくて卑屈《ひくつ》になって、なるべく他人を寄せ付けなかったぼくが――傷ついたり傷つけられることを恐れて他人との接触をさけていたところがあったぼくが、自分で作った心のジャングルから外の世界に向かってずいぶん出てきていて――それはすべて前野さんのおかげだ。

だから前野さんはぼくにとっていろんな意味で特別で――。

「――どうした？」

前野さんが振り返り、一歩遅れをとったぼくに声をかけてくれた。西日を浴びてまばゆく輝く整った輪郭。いくらか茶色味をおびた髪がところどころ金色っぽく光って、ライオンのたてがみみたいで。――綺麗《きれい》だった。

このひとがぼくの恋人だなんていまだ信じられない。

ぼくにいろんな力を与えて支えてくれるひと。――ぼくは前野さんに何をしてあげられるだろう。与えてもらってばかりで何もしてあげられない。それがこの頃の一番の悩みだ。

だって恋人同士っていうなら、お互いに与えて与えられて、っていうのが当然のことだろうし――でもぼくは自分の殻《から》をどうにかして壊すことに精一杯で、前野さんに何も返してない。自分の無力さが情けないし、いやになる。

「調子悪い？」

もう一度尋ねられ、いいえ、と軽く首を振って答えた。

なんだかちょっと寂しかった。本当の寂しさの原因は、緑がなくなることじゃないのかもしれないな、なんて思いながら涼《すず》しそうな木々に目を向けた。

第一あけぼの荘のこの部屋の窓から夕闇《ゆうやみ》に霞《かす》んで見える馴染《なじ》みの風景も、いつの間にかすっかり緑がなくなった。かなり老朽化が進んだこのアパートに住むことを前野さんに決めさせ、ぼくがこの部屋に惹かれる原因となった、ふたりの大好きな眺め。夏の間は見渡す限りの森林が目の前に広がっていたのに。当たり前か。十月も今日で終わる。ちらほら雪虫も飛んで、もうじき雪が降ってもおかしくない季節だ。

今こうして窓の外を眺めて、街路樹同様、ようやく景色のうつろいに気づいたことに少なからず驚いた。ぼくにとってそれまで緑の存在は絶対で、その変化を見逃すことなんて一度もなかったのに。その原因は——。

「お待ちどおさん」

おいしそうな匂いとともに現れた。片腕に器用にチャーハンの皿を二枚乗せて、もう片手でスープの入ったマグカップふたつを運んでいる。料理の得意な前野さんは、こういうぼくから見たら一種アクロバティックな技もさらりとやってのける。初めて見たとき驚いて、感動してからはっと我に返って手伝おうとしたら、逆にバランスを崩すから黙って見ててと言われて以来、確かにそれももっともだとおとなしくさせてもらっている。

とんとテーブルに皿を下ろす。食べ慣れた前野さんの料理。——初めて食べてからもう半年近くたつんだ。初めてこの部屋から緑を見てから——前野さんに会ってから。

いろんなことがあった。とにかくどんなことにも消極的で内向的なぼくが、同じ学部でふたつ年上の前野さんとひょんなことから知り合って、前野さんが入っているラテンアメリカ研究会に入会して、いろんなところに連れ出されて、前野さんの弟さんでお兄ちゃん子——ていう表現でいいのかどうかわからないけど、とにかく兄である前野さんに普通の兄弟以上の感情を持っている尚季《なおとし》さんに敵視されて、どうにか助かりはしたものの、あろうことか強《ごう》姦《かん》されかけて。

そしてその強姦未遂《みすい》事件がきっかけで、ぼくと前野さんの関係がはっきりすることになった訳で——ぼくは前野さんに恋していることを自覚して、前野さんはぼくを好きだと打ち明けてくれ、ぼくが自分で自分の面倒をみられるくらいに一人前の人間になるまで見守るとも言ってくれた。それはものすごく嬉しい配慮《はいりょ》だった。だけど自分で言っておいてなんだけど、いつになったら自立したひとりの人間として前野さんと対等な立場になれるのか、さっぱり見当がつかないのだ。

「——どうした?」

向かいに腰を下ろした前野さんが不思議そうなまなざしを投げてきた。

「いえ——」

薄く笑って差し出されたスプーンを受け取った。

「いただきます」

頭を下げて食べ始める。──うん、美味《おい》しい。今日はカニチャーハンだ。沢口《さわぐち》さんと──こちらはラーメン作りに命をかけているラメ研部員だ──一緒に中華料理店をやると大繁盛《だいはんじょう》だと思う、と前に言ったら前野さんに思いきり笑われたけど。

単純な性格なのか、美味しい食べ物を口にすればそれだけでものすごく幸せな気分になって頬《ほお》が自然とほにゃらと緩《ゆる》む。もやしとわかめのスープのカップを手にすると、湯気《ゆげ》の向こうから前野さんが優しい瞳でぼくを見ていた。

「──どうかしたんですか？」

吹いて冷まし、一口飲んで問いかけた。前野さんは、うん、と目を細めて微笑んだ。

「可愛いなと思って」

「──っ！　なっ、何言って……！」

るんですか、まで言えなかったのは思いきり噎《む》せたからだ。

「大丈夫か？」

笑いながら前野さんが手を伸ばし背をさすってくれる。咳《せ》き込みつつぼくは何度もうなずいて、それから非難の目を向けた。

「ふざけるなって顔だな」

おかしそうに喉《のど》の奥から笑いをもらす。

「……わかってるなら言わないでくださいよ」

苦しい息の下で言葉を返す。

「だって思った通りのことだから」

悪びれた表情も見せずに前野さんが平然と言ってのけ、ぼくはまた咳き込みそうになった。

——どうしてこのひとは。こういう人畜無害《じんちくむがい》のような顔をしてこんな爆弾発言をしてくれるんだろう。実はぼくを殺したいんじゃないだろうか。

口許《くちもと》を手の甲で押さえ、上目遣《うわめづか》いに見上げると、前野さんは子犬に触るようにぼくの髪を撫《な》でた。ただでさえ赤い顔がますます赤くなるのが自分でもわかる。

「——冷めちまうぞ」

ひとしきり笑ったあとで、ぼくの頭をぽんと軽く叩《たた》いてまたスプーンを手に取って食べ始めた。

……前野さんにとっては何気《なにげ》ない、全然気にもならないようなことなんだろうけど。意識しすぎるぼくがバカなんだろうけど。

でもまだ慣れない。前野さんのこういう褒《ほ》め言葉——と言うのだろうか？　——には照れるというか、恥ずかしすぎていたたまれなくなるというか。どうして言われたほうはこんなに動揺して、言ったほうはああも平然としていられるんだろう。……何だかちょっと悔しい気もする。

「——なに？　味、変？」

スプーンを握り締めたままじっと前野さんの横顔を見ていたぼくは慌てて首を振り、ものすごい勢いでチャーハンを食べ始めた。

八時を過ぎて、窓の向こうはもうすっかり闇《やみ》の世界だ。猫の目みたいな金色の月がぽっかりと輝いている。夏の同じ時刻とは違い、冬が近づいた札幌は六時を過ぎれば何時であっても暗さは真夜中とそう違わない。

食事の後片付けをすませたあと、温かい紅茶をふたりで飲んでいた。前野さんは家ではほとんどアルコールを飲まないとわかったのは、こうして過ごすぼくたちの時間がどれくらい積《つ》み重《かさ》なった頃だろう。ほかにもいろんな発見をした。チョコレートはビター、ポテトチップスはコンソメ派。眠くなると右眉《みぎまゆ》を少し上げて目を細めながら欠伸《あくび》をかみ殺すだとか、シャープペンの芯《しん》を出すときは必ず三度ノックして、ノートに押しつけて一旦《いったん》引っ込めてからまた二度押してから書き始めるだとか——そんな些細《ささい》な前野さんの癖《くせ》を知って、それが増えてゆくことはなんだかものすごく嬉しくて、幸せだと思う。まるで女子中学生が憧《あこが》れの男の子の行動をつぶさに観察してるみたいだけど。

昔はクラスの女の子たちが、ナントカ先輩は部活の帰りに必ずあの店の自販機でコーラを飲んで行くとか、ダレソレくんは図書室で窓側から三番目の席に座るとかを世界史に残る重大発見をしたように騒いでいるのを見ても、どうしてそんなことが重要なのか全然わからなかった。だって一部の勇気ある女の子を除いて、ほとんどの子は実際その場に行ってどうこうしようっていうわけでもなさそうだったし。

でもなんだか最近そんな女の子の心理がわかるようになった。今さら恥ずかしい話だけど、自分でその気持ちを体験してしまって——ぼくは今まで恋愛感情なんてものを持ったことがなかったから知らなかった感情だったんだと気がついた。ひとつずつそのひとのことを知っていくことは、少しずつそのひととの距離が縮まっていくことで——いや、実際にはどうなのかわからなくても、自分の気持ちの上ではものすごく近くなっていくようで。

冷めて猫舌のぼくにはちょうどいい熱さになった紅茶を飲んだ。この間ふたりで買って来た新しいもの。一緒に買い物をするのもなんだか嬉しい。それもCDとか服とかお互いのものを選ぶよりも、食料品とか生活用品とかを買うほうが。なんだかふたりで暮らしているみたいな気になる。

……ああ、相変わらず思考が情《なさ》けないかもしれない。でもこうしてテーブルに肘《ひじ》をついて、ぱらぱら雑誌をめくっている姿なんて見てるとそれだけで幸せになってしまう。肘までまくり上げたセーターから覗《のぞ》く筋肉質の腕。無駄な肉がない男らしい頰《ほお》。はっきりした眉と切れ長の目。高い鼻筋。紅茶を飲む形のいい唇。今かけているCDのブックレットを見つつ、ちらちら前野さんに視線を飛ばした。本当は写真も文字も目は全然追わなくて、神経はすべて前野さんに行ってしまってるんだけど。好きなひとをみつめていられることがこんなにも幸せだなんて知らなかった。

「——どうした?」

雑誌に目を落としていた前野さんが不意に顔を上げた。目と目が合う。思いがけない出来事に、かあっと頬が熱くなった。

「なに、見惚《みと》れちゃってた?」

からかわれ、いや、あの、としどろもどろになった。まだ前野さんはぼくを見てる。

「……はい」

正直に認めたら前野さんはテーブルにばったり身を倒した。

「——ホントにもう、可愛いねぇ」

笑いを堪《こら》え、頬杖《ほおづえ》をついてぼくを見る。

「可愛くなんかないですよ」

情けなさと照れ隠しに拗《す》ねた調子で返事をすると、前野さんは髪をかきあげて微笑んだ。

それからゆっくりテーブルの上に放り出されたぼくの手に触れて、そっと握る。優しい瞳はそのままで。手の甲に浮かび上がる筋を前野さんの親指が何度か撫でる。繊細《せんさい》で器用な指の動き。薬指は柔らかく手首の内側をくすぐった。

「可愛い」

小声でそう言って、穏《おだ》やかにぼくをみつめる。──変な言い方だけど、愛されてるってわかる。この目を見れば。前のぼくなら、そんなまなざしを向けられたって絶対に気づかなかっただろう。でも今ぼくにそれを教えてくれたのは──向けられた思いはどんなものであれちゃんと受け止めることを教えてくれたのは、このひとだ。

前野さんはそれ以上喋《しゃべ》らずに、握ったぼくの手を摑《つか》み、自分の口許に運んだ。

──そっと。柔らかなキスが降ってくる。ぼくの指先に。時折のぞく薄紅《うすべに》の舌。なんだか妙に扇情的《せんじょうてき》で。

この唇には麻酔《ますい》効果がきっとあって、ぼくの羞恥心《しゅうちしん》なんてものをたやすく麻痺《まひ》させ、何もわからなくさせるのだ。だってそうじゃなきゃ──どうしてこんなに抵抗せずに、いつも黙って前野さんのなすがままになっている？　そりゃ初めは驚いたけど──でも最初のキスもカーニバルの夜、あの木の上でいきなりだったし。

尚季さんの一件でお互いの気持ちを突き付けあって、ぼくがヒステリーを起こして前野さんが怪我《けが》をして、仲直りして──先輩と後輩なんてつながりじゃない、新たな関係を踏み出し始めて、それ以来、ちょっとずつこんな──ぼくにとっては初めての愛情表現をされている。初めは戸惑い、今は徐々に慣れ出しつつある。少しずつ深くなるキスに、少しずつ強くなる腕の力に。ぼくが怯《おび》えて怖がらないように、前野さんが細心《さいしん》の注意を払ってくれているのがぼくにも感じられる。

唇をそっと指先から外《はず》すと、前野さんの慈《いつく》しむようなまなざしがぼくを捕らえた。催眠《さいみん》術《じゅつ》にでもかかったみたいに、ぼくも視線をその目から離せない。

引かれあうように、前野さんの顔がそっと近づいてくる。反射的に目を閉じる。

一秒後。ぼくの唇は温かな前野さんの唇と重なりあった。柔らかな唇が包み込むようにぼくの唇に触れる。そして舌がそっと口の中に侵入《しんにゅう》してくる。何も考えられなくなって、ただ与えられる動きに応《こた》えるのに精一杯になる。ふと前野さんの舌が引きかけて、無意識にぼくはその動きを追って——前野さんの口の中に入りこんだ。

不意にぼくの指先を握っていた力が強められ、もう片方の手がぼくの肩を抱《かか》えるようにきつくまわされた。

「——っ！」

咄嗟《とっさ》に引いたぼくの舌を追いかけて前野さんの舌がもう一度ぼくの口に入って来た。優しかった舌の動きが今は荒い。息のつけない苦しさに思わず前野さんの胸を押したけれど、前野さんは唇を解放する気はないようで、ぼくのささやかな抵抗などものともせずに逆に唇を強く押しつけてきた。火をつけたのは自分だということに気がついて動揺したものの、もう今さら遅かった。

肩にまわされた指が脊椎《せきつい》を撫でるように下りる。びくっと震えた背中を気づかれたかどうか。

唇が離れ、ようやく口からの呼吸が自由になり、水面に浮かび上がったときのような深い息を吐いた。

ぼくの口許あたりをさまよっていた前野さんの吐息《といき》が耳をくすぐる。反射的に肩を竦《すく》めた。背筋に触れていた指先がそのまま上がり首筋を撫でる。——なんだってこのひとはこんなにぼくを意識不明の状態にさせるのが上手《うま》いんだろう？

「——光《あきら》」

稲妻が落とされたみたいにぼくの体を何かが走った。

「光」

苦しそうな、せつなそうな前野さんの声。聞いてるこっちまでつらくなる。ぼくは目を閉じたまま、前野さんのセーターの胸元をぎゅっと摑《つか》んだ。自分が自分じゃないみたいで、どこか別の世界で起こっている出来事のようで——ただきつく摑んだこの指先だけが現実とのただひとつの接点みたいな気がして。

耳朶《みみたぶ》にキスが落とされる。それから優しく、くすぐるように顎《あご》のラインを辿《たど》り喉元《のどもと》を下りて——熱い吐息が鎖骨《さこつ》にかかり、みぞおちを指が這《は》い、くすぐったさに背を丸めた——ひやりとした指先——直接肌に感じる冷たさ。——え。

「——！」

我に返ってばっと目を開け体を離し立ち上がった。力を込めていなかった前野さんの腕はあっさりぼくを解放した。

見慣れた顔がぼくを見上げていた。

「あ、あのっ」

おろおろうろたえながら、言葉を探した。自分の顔色なんて知りたくもない。

「――買い物！　ちょっと買い物あるので、ぼくもう帰ります！」

あやふやな言葉で繕ってジャケットと鞄《かばん》を手にして玄関へ向かった。ようやく状況に対応できる状態になったらしい前野さんが、送ろうか、といつも通りに言ってくれたのを、何軒も回りますから、と当然前野さんも嘘だとわかるだろう言葉で返し、ダッシュでおやすみなさいと飛び出した。

第一あけぼの荘の錆《さ》びた階段を転がるように駆け降りて、百メートル先の電信柱に凭《もた》れて息をついた。息が荒いのは走ったせいだと思いたい。顔がとてつもなく熱くなっているのも。

……ちょっと反則だ、あれは。だってあのまま進んでいたら、あのあとは――。

脳の血管が切れそうになって、考えるのをやめた。

――いや、でもそうじゃないかもしれない。ただぼくが一方的に思っているだけで、本当は違うのかもしれない。ぶんぶん頭を振って邪念《じゃねん》を追い払った。そんなこと、前野さんに失礼じゃないか。作原光の馬鹿野郎。

自分の縄張《なわば》りを奪われたと勘違いしたらしい野良犬に吠《ほ》え立てられて、慌ててその場を後にした。地下鉄に向かう四車線の道路に出ると、擦《す》れ違う女子高生に不審《ふしん》げな目を向けられ視線の先を辿った。……シャツの下ふたつのボタンとベルトが外されてだらしなく揺れていた。

自分の想像が裏打ちされて、これ以上はないほどに赤くなって夜道をひた走った。

——前野さんのバカ。

心のなかで毒づいた。

遠くでアオーンと犬の遠吠《とおぼ》えが間抜《まぬ》けに響いた。

眠れない。

——って言っても当然か。まだ十時前だ。

枕を抱えてベッドの上でごろごろと寝返りを打った。

あのあとまっすぐ家に帰った。買い物をするなんて見え見えの嘘をついて逃げ出して、前野さんは気を悪くしたはずだ。買い物をしようにも大抵の店はもう閉まってたんだから。

……だけど。

こうして悶々《もんもん》としてるくらいなら、謝りの電話をいれようかとも思ったけれど、怖くてできなかった。前野さんが怒っているなら許してもらえるように謝って、怒ってないならそれで安心する。だからさっさと確かめてしまえばいいのにそれができない。

緑も今のぼくには何も効果はない。部屋の中にあふれているベンジャミンもポトスも駄目だ。

前野さんとこういう関係になってから、緑のパワーが落ちた気がする。いや、緑のパワーが落ちたんじゃなくてぼくの気が――緑から受け取る力が減ったんだと思う。それはきっと、緑の代わりになる存在ができたからだ。だけどこうやってその本人ともやもやが起きたときは最高に苦しい。緑からはこんな感情を得ることは当然なかった。

この頃正直言って前野さんとふたりでいることが怖い。前野さんが怖いんじゃなくて、前野さんの変化が怖いんだと思う。突然ぼくの知らない顔を見せる前野さんが。

ぼくたちはまだ、いわゆる最終的なところまではいってない。例えばさっきのことみたいな、そうなる予兆というか、きっかけみたいなのは今まで何度かあった。だけどぼくがまだ踏み切れないでいるのだ。

わかってる。わかってはいるんだ。別にそれほど心構えが必要なことじゃないんだって。お互い好きなら、まして年齢的なことを考えたって別に全然おかしなことじゃないと思う。現にまわりの友達や大学のクラスメートから結構その手の経験談はちらほら聞く。女の子じゃないんだから妊娠の心配はないし、体の構造もそこまでデリケートじゃない。結婚するまで貞節《ていせつ》を守るって言っても、ぼくたちの関係からしたらそれはまったく通用しない。

同性ってことは——確かに引っかからないって言えば嘘になるけど、それはまたちょっと違う問題だった。付き合う前、前野さんの好意をどう受け止めていいのかわからなかった頃、色々な恐怖心から頭で否定していた男同士という関係も、実際そうなってみたらまるで気にならないものだった。ぼくは前野倫紀《とものり》という人間を好きになったわけで、性別ってのは結局後からついてきたことで——と言ってももちろん、ぼくが付き合っているのはこのひとですって家族に紹介するなり友達に言うなりする強さってものはまだ持っていない。だけどぼくは前野さんが男であっても女であってもきっとやっぱり好きで——人間としての前野さんという存在を受け止めているはずで。端的《たんてき》な話、セックスする対象としての体が男でも女でもそれが前野さんであれば構わないと思う。

それじゃどうしてそうならないかって言えば——つまり不安なんだ。前野さんに素《す》の自分を晒《さら》け出すのが、ぼくのすべてを見せてしまうのが。それは肉体的なことだけじゃなくて、精神的な面も含めてのことで。何と言っても経験のないことだから、その場でどんな自分になるのかまるで想像がつかない。ただでさえ、新しいことに挑戦するのが苦手な性格で、石橋も叩いて渡る前に壊してしまうタイプのぼくだ。

とてつもなく——いや、今でも充分に情けないところなんて見せてしまってるけど、これ以上に情けない、浅ましい姿を晒したら、——そして前野さんに呆《あき》れられて嫌われたら、そう思うとなかなか踏ん切りがつかない。

それとやっぱりちょっとの悔《くや》しさ。ぼくよりずっと男としての完成度が高い前野さんの体と精神と。到底敵《とうていかな》いっこないってことはわかってる、でも。

たぶん前野さんは、ぼくのこんな気持ちを推《お》し量《はか》って、それで無理には誘ってこないんだろう。チャンスはいつもいくらでもあるのに、さっきだって無理矢理どうにかしようと思えばできたはずだ。

そりゃぼくだって正直、前野さんと抱き合いたいと思うこともある。でも実感を伴《ともな》っていなくて――あくまで漠然《ばくぜん》とした感情だった。それはぼくには経験がなくて、そういう衝動を体験したことがないからで、恐らく過去にその経験はある前野さんにとってはもう少し深刻な問題なんじゃないかと思う。たとえばさっきみたいな状況で、それを途中でやめる、なんていうのはかなりの忍耐力を必要とするだろう。それをあの場で堪《こら》えてくれるっていうのはとても有り難いし、同時にものすごく申し訳なくてたまらなくなる。

確かにさっき、何も感じなかったと言ったら嘘だ。前野さんの吐息も唇も指先も、そのすべてがぼくを高ぶらせた。でもそんな自分を前野さんに知られたくない。自分のなかのそんな浅ましい部分を知られるのは――他のひとにならまだしも、前野さんにだけは絶対に嫌だ。

それでもこの中途半端な状態でいつまでもいられないってことはわかっている。前野さんに応えるにせよ、拒むにせよ、ぼくの気持ちを話すにせよ、今のままのだんまりでいることはできないいんだから。――だけどぼくにすべてを話す勇気があるだろうか？　すべてを話して、それでもなお前野さんはぼくを嫌わないでいてくれるだろうか——？

「おにいちゃーん」

形ばかりのノックと同時にドアが開いて妹のあやかが部屋に入ってきた。あやか、それじゃノックの意味がないよ……。

おかげでぼくの思考はそこでストップをかけられた。

「なに？」

「電話」

ほら、と幸福の木の間から子器を持った腕を突き出す。

「誰——？」

「前野さん」

当然、という顔をしてあやかが答えた。ぼくの心臓は一気に跳《は》ねた。

「ねえねえ」

そんな心境を知らないあやかが上目遣《うわめづか》いでぼくを見た。きらり、と目に星が輝く。

「今度いつ前野さん来るの？」

——脱力。

あやかは前野さんのファンなのだ。

前野さんが初めてあやかと顔を合わせたときはすごかった——あんまり思い出したくない。

とにかく屋根を突き破るんじゃないかと思うほどの甲高《かんだか》い黄色い声が響いたことは事実だ。特ダネを目の前にした芸能レポーター並みにハイになってるあやかに、どうしておにいちゃんが知ってるの、どういう関係なの、と攻撃を受けた。ぼくもあやかの反応に面食《めんく》らってうろたえて、そこで初めて照れくさそうに苦笑する前野さんの過去——というかそんなものを知って驚いて、どうしていいのかわからないというパニック状態に陥ってしまったのだ。

聞くところによると、これはさすがに驚いたんだけど、あやかは実はぼくより前から前野さんを知っていたのだ。あやかの中学の同級生がバンドに凝《こ》っていて、あやかもライブハウスなんかにこっそり一緒に通っていたらしくて、当時そこで人気だったのが『D』——前野さんが入っていたバンドだったのだそうだ。ぼくは前野さんがバンドを組んでいたことなんて知らなかった。

あやかから見せてもらった写真の中に白いシャツと黒い革のパンツを穿いた前野さんが納《おさ》まっていた。そんな写真が数十枚。ステージの写真やら、ライブのあとで外へ出て来たときの写真とか。それを見て、前野さんがバンドをやってたってことがようやく実感としてわかった。

それだけいれこんでたわけだから、前野さんと中西《なかにし》さんがラメ研のためにDを辞《や》めたときは、あやかはかなりのショックを受けたらしい。もちろんあやかばかりじゃなく、ほかのファンの人たちも。それでもその後のメンバー——尚季さんと中西さんの従妹《いとこ》の石川《いしかわ》さんもかなりの実力を持っていて、それで新生Dもちゃんと受け入れられたという。

だけど今年一杯でDは解散する。他のふたりのメンバーが来年最終学年になってあれこれ忙しくなるからというのが理由だそうで、片手間でDはやらない、という暗黙の原則の結果だという。しばらくライブハウスから遠ざかっていたらしいあやかもショックらしく、ラストライブには絶対行くと燃えていた。ぼくもラメ研のみんなと行くことになっている。あやかには、尚季さんを知ってることは言ってない。言ったら最後、もう一度どうして攻撃が始まるに決まっている。ただのサークルの仲間だと言っても信用しそうにないし、前野さんと尚季さんが兄弟だってことは知らないみたいだし。

「ねえ、ちゃんと私がいるときに来てもらってよ」

あやかが拗《す》ねた口調で訴《うった》える。

「わかったから、ほら」

いつもは我《が》を通すあやかも、さすがに相手が相手だからか、渋々ながらも割と素直に受話器を渡した。内心の緊張を引きずりつつ、保留を解《と》こうとしてあやかがまだ部屋から出て行かないので目で促《うなが》したら、ケチと膨《ふく》れ面《つら》を見せながら出て行った。

ぱたんと音がしてから深呼吸を一度。それでもまだ緊張は解けない。

「――もしもし」

覚悟を決めて声を出した。

『——お帰り』

からかうように言葉が響いた。ほっとした。いつもの前野さんの声で。

「ただいま」

あわせて答えると、受話器の向こうで微笑《ほほえ》む気配が伝わった。そしてそのままわずかな沈黙。

——どうしよう。何を言ったらいいんだろう。謝るにしてもどう言ったらいいんだろう。

ぼくの困惑を読み取ったように、前野さんが沈黙を破った。

『——送らなくてごめんな』

「いえっ」

ぶるぶる首を振った。そんなこと謝る必要なんてないのに。前野さんのいいひとすぎる言葉につらくなる。

『……実際あの状態で車出しても、まっすぐ家に送れる自信はなかった』

ひとりごとのように呟いた。その言葉が何を意味してるのかは、鈍感なぼくにもわかった。

「——ごめんなさい」

『ばか、作原が謝ってどうする』

諭《さと》すように前野さんが言った。それからゆっくりと息を吐き出した。

『……ごめん』

また謝られて言葉に詰まった。前野さんは悪くない。あんな状態で突き飛ばすように出て来て、謝らなきゃならないのはぼくだ。

『作原が嫌がってるってことわかってるのに……ごめんな』

「そんな――」

ぼくたちの間にできあがってしまっていた暗黙の了解――キスまで。

バランスを取るのは確かに難しくて――前野さんもぼくもひとりの男で、お互いに好きで、その相手とひとつの部屋にいて。それで何もしないというほうが無理なんだろうけれど。

ぼくは前野さんの優しさに甘えていたのだ。

どうしたらいい――確かにそういう関係になってしまえばそれは簡単なんだけれど、――そうなれないから苦しい訳で。どうにかして打破《だは》しなければいけないことはよくわかっていても、この八方塞《はっぽうふさ》がりの状態をどうしたらいいのか今のぼくにはわからなくて、できればもう少しの猶予《ゆうよ》が欲しくて――。

『――また来てくれる？』

突然の思いがけない問いかけに戸惑った。どうしてそんなことを訊《き》くんだろう？

『もう作原の嫌がることはしないから』

ああ、そうか――前野さんは前野さんでそんな心配をしてくれてたんだ。

なんだかおかしくて笑いがもれた。あれほど大人に見えた前野さんがなんだか子供みたいで愛《いと》しくて。

『なんだよ』

受話器の向こうの困惑した声。

「――行きます」

笑いをおさめて答えると、ほっとした吐息が耳元で響いた。

こう答えることが――その状態が前野さんにとってもぼくにとっても恐らくかなりつらいことなんだろうとはわかっていた。でも――わがままでも、ぼくは前野さんのそばにいたい。

だから申し訳なさを感じながらそう言った。

――このぎこちないバランスがいつまで保《たも》てるか、そのときのぼくにはまるで想像もつかなかった。

金曜の夜の居酒屋はあまりにも混《こ》んでてどうも慣れない。しかも月末とあって普段は学生が主体らしいこの店もサラリーマンが多い。来月になればもう年末で、忘年会ですごいことになるんだろう。
きゃはは と向かいの席で甲高い笑い声が弾《はじ》けている。大学生といってもあやかと本質的にはさほど変わらないんだということが最近ようやくわかった。

人付き合いが苦手なぼくも、前野さんとラメ研のおかげでどうにか少しはこういう大人数の集まりにも慣れてきた。まだ自《みず》ら進んで人の輪に入ってはいけないにせよ、これでもだいぶ人見知りはしなくなったほうだと思う。

今日は高校の時から同級生の佐藤《さとう》に誘われて、クラスのコンパにやってきた。あんまりこういうのは得意じゃないんだけど、春から付き合っていた彼女に秋に振られて意気消沈《いきしょうちん》していた佐藤が、ひとつの恋を忘れるのにはまた次の恋だと豪語して、新たな出会いを求めて出歩くことに決めたらしく、ぼくもそれに五回に一回は付き合わされているのだ。前野さんも、いろんな連中と付き合ってみるのもおもしろいぞと賛成してくれている。

前野さんとはあの後、結局いつも通りに戻れた。翌日、講義の後で訪《おとず》れたぼくをいつもと変わらぬ顔で迎えてくれて、前日のことなんてなにもなかったように接してくれた。その日はぼくが帰るとき、それが新たな暗黙の了解であるかのように、不意打ちで玄関で軽いキスをされた。下にとめてある車に乗るまでどうにかして赤い顔をおさめなくちゃとぼくは必死に努力した。そしてそのままで一ケ月が経《た》つ。

先々週、前野さんから年明けにスキーに行かないかと誘われた。いいですねと乗りかけたぼくに、せっかく冬休みだし、ちょっと遠出してルスツでもどうだと前野さんが言った。あそこはナイターが綺麗だぞ、と。その瞬間、ぼくの中でなにかがしゅんと萎《しぼ》んだ。だってナイターってことは、やっぱり泊まりで——いや、札幌から車で二時間程度のところだから、日帰りはしてできないことじゃないけど——。そんなぼくの心理を見抜いたのか、前野さんが、それとも手稲《ていね》にしようか、と市内のスキー場の提案をしてくれ、ぼくはそっちにうなずいた。

——馬鹿みたいだと思う。考えすぎだとも思う。だけどぼくの内部の警報《アラーム》が鳴ったのだ。そんな状態で話を進めてしまっても、却《かえ》って前野さんの気を悪くさせるだろう。

「あー、ユリちゃんそのピアス超可愛い」

女の子をはさんでひとつ隣に座った佐藤は狙《ねら》いの相手を定めたらしく、あれやこれやと褒《ほ》めそやしている。ぼくがあれだけの社交術を身に付けるには何千年かかるかわからない。

「作原くん、ほらぐいっと空《あ》けて」

向かいに座る西村《にしむら》さんがビールをなめてたぼくにピッチャーを突き付けた。

「あ、ありがと」

コップを半分空けてグラスを差し出したら、にこっと笑って注《つ》いでくれた。

「西村さんは？　注ぐよ、ビールでいいの？」

「うん」

半分以上残っていたグラスを一息で綺麗に空けた。……お見事。

「はい、サンキュ」

八分目《はちぶんめ》で礼を言われて、上手い具合に泡《あわ》がグラスの縁《ふち》で止まった。

さらさらの長い髪を揺らしてピザを取る。佐藤が初めに狙ってあっさり振られた相手だそうだ。きりっとした目が印象的な知的な美人だ。今日の幹事さん。

西村さんがくわえたピザのチーズを伸ばしながら問いかけてきた。

「――ラメ研楽しい？」

「うん」

ポテトを口に押し込んでうなずいた。そっか、とうなずいて西村さんはピザを飲み込んだ。

「――私もね、入りたかったのよ。前野さんのことずっと好きで」

唐突《とうとつ》な言葉に驚いて噎せそうになった。慌ててビールを飲んで胸を叩いた。

「――なんで前野さんのこと知ってたの？」

「D。好きだったからね。追っかけなんかもしたのよ」

意外にも――と言っては何だけれど、あやかのようなインディーズのバンドが好きな女の子って結構いるんだ。前野さんが有名な理由が遅まきながらわかった気がした。一人で納得してうなずいたぼくに、西村さんは話を続けた。

「今年は募集しないって言われてがっかりしてたら、五月になってからひとり入ったって聞いて。誰かと思ったら同じクラスの男の子だって言うじゃない。びっくりしたわ。だから作原くん、女の子には結構恨《うら》まれてるわよ」

真剣な面持ちで言われて一瞬青くなった。そんなぼくを見て、西村さんは吹き出した。

「うそうそ。みんなうらやましがったのは本当だけどね。でもね、よかったと思う。はっきり言って入学当時の作原くんて全然印象に残らなかったのよ。おとなしくて、全然目立たなくて。入学式で挨拶《あいさつ》したひとだって言われてようやくわかった感じで」

……そ、そうか。そんなにぼくは印象に残らない人間なのか。わかってはいたけど……。

「あ、ごめんごめん、言い方悪かった」

ぼくのどよんとした空気を察知したらしい西村さんが慌てて両手を振った。どうも悪気はなさそうだ。

「あのね、あくまで過去のことだから。今はね、作原くん、そうじゃないわよ。雰囲気が明るくなったっていうか——ほら、たとえばこういう集まりもその頃なら来なかったじゃない？」

それはごもっとも。入学してから五月までに二回あったクラスの親睦《しんぼく》コンパはどっちも出なかった。

「なんていうのか——人付き合いが苦手なふうにみえたの。それが夏くらいからわりと人の中に入って行くようになったでしょ。だからそれってラメ研の影響なのかなぁって」

思いがけない指摘に驚いた。ぼくの変化をこんなにわかっているひとがいたなんて。

「だからよかったんだと思うわ、作原くんがラメ研入って」

西村さんがにっこり微笑んだ。自分の変化には自分が一番鈍感だから、まわりからそう言ってもらえると、子供の頃いつの間にか背が伸びていたときのような、それに気づいたときみたいな嬉しい気持ちになる。前野さんたちに出会えてよかった、本当にそう思えて。

そういえば、と不意に西村さんが口を開いた。

「あのサークル、地獄の入会テスト期間があるって聞いたことあるんだけど、——それって何なの？」

飲んでたビールが喉でぐっと詰まってまた噎せた。頭にちらつく尚季さんの残像を追い払いながら、心配する西村さんに乾いた苦笑でごまかした。


二次会は定番コースらしいカラオケボックスのパーティールーム。と言ってもぼくは歌えないからもっぱら聞き役だ。初めのうちはみんな歌え歌えと勧《すす》めるけれど、何度か断っているうちに、アルコールも入っているし、何を歌うか探したり喋ったりで忙しくて、他人のことにまで気がまわらなくなるらしいということに気がついた。

本当は一次会だけ出て帰ろうと思っていたのに、暇《ひま》なら付き合いなさいよ、と西村さんに腕を引かれて連れて来られた。

今日はバイトの日じゃないから前野さんはたぶん家にいる。でも約束や余程《よほど》の用事がなきゃ夜遅くに訪《たず》ねるのは気がひけるから、このあとはただ帰って寝るだけで、確かに暇と言えば暇なんだけど――。

一時間もして、誰が歌おうと止めようと、もう関係ない状態に突入した。あちこちで二、三人、友達同士だったり、男と女の子だったりがくっついている。ぼくは西村さんの隣に座って、ぼやんと歌を聞いていた。なんだかうとうと眠気が襲う。ビールも結構飲んだから回ってきたかもしれない。

「でもやっぱりひどいわよねッ！」

唐突《とうとつ》な大声にびくっとして目が覚めた。西村さんのもう一方の隣に座っていた山野《やまの》さんていう女の子が、酔った目を三角にして片手にビールのグラスを持ち、もう片手の拳《こぶし》を握り締めていた。

「――冗談じゃないわよ、あんな男こっちから願い下げよ！」

あまりの剣幕《けんまく》に圧倒されて見ていたら、彼女を宥《なだ》めながら西村さんがそっとぼくに耳打ちした。

「彼氏と別れちゃったんだって。さっきまではどうにか冷静だったんだけど、お酒まわってきたみたいでね」

「ちょぉっと麻理《まり》ィ！　聞いてんの？」

ぐいっと首を突き出し、山野さんが睨《にら》みをきかせた。その瞬間ばっちり合った四つの目。

「作原くん！　ねえ、男代表ってことでちょっと聞かせてよ」

みつめる目は据《す》わってる。これはひょっとして絡《から》み酒ってやつか？　どうしようと視線で助けを求めると、西村さんはそのままそのまま、と山野さんに見えないようにジェスチャーで示した。

「……男ってさ、なんなのよ、一体」

なんなのよと言われても……。何と答えたらいいんだか。こういう時気の利《き》いた言葉のひとつでも言えたらいいんだろうけど、ぼくには犬がフラダンスするくらい不可能で不似合いだ。

「なあなあ、なんの話ー？」

めざとくこの空気を感知したらしい佐藤が山野さんの隣にひょいと腰を下ろした。いつもなら相変わらず調子がいいんだからなぁと思う佐藤が今は救いの神にみえた。

「……佐藤くんじゃなー、あんまり真剣になって考えてくんなさそうだし」

山野さんが唇をきゅっとすぼめる。

「あ、信用ないの、俺？　ひっでーなー、こうみえても高校んときから相談事は佐藤にしろって有名だったんだぜ？　な、作原」

……そこでぼくに振らないでほしい……。困惑しながら曖昧《あいまい》に愛想笑いを浮かべた。

「彼氏に振られちゃいました」

自棄《やけ》になってるんじゃないかと思うくらいきっぱりと山野さんが言った。

「うわ偶然、俺も別れたばっかなんだよ」

佐藤が身を乗り出した。その言外《げんがい》に滲み出るものを感じ取ったのか、無視してるのか、まるでそれには関心を払わずに山野さんが言葉を続けた。

「もう男なんてどうでもいい、男なんて金輪際《こんりんざい》信じない！」

首をきつく左右に振る。はいはいはいはい、と西村さんが相槌《あいづち》を打った。

「何で別れたの？」

佐藤が訊くと、山野さんはおもむろに口を開いた。

「──浮気」

ありゃりゃと佐藤が眉をひそめる。

「夜にね、電話かけたの。別に用事なくてもただ声が聞きたいなって思うときってあるじゃない。そしたら出なくて──次の日のお昼、大学の帰りに彼の部屋にいきなり行ったら──ベッドに女が寝てた」

現実にはそうなさそうな、今までテレビドラマでしか見たことがなかった話をこんな身近で聞くことになろうとは。驚いたぼくは言葉も出せなかった。

「そりゃ男が悪いね。山野ちゃんみたいな可愛い彼女いるくせに、そいつ最低」

「──でも私も悪かったから」

佐藤にけなされたからか、その彼をかばうように山野さんが呟いた。ぐす、と涙声になりかけている。

「……じらして――させてあげなかったから」

「それって――」

「体か」

口を開いたぼくの言葉にかぶさるように端的《たんてき》に佐藤が口にした。しばしの躊躇《ちゅうちょ》のあと、こくんと山野さんがうなずいた。

「きみのことは好きだけど、大人の恋愛じゃなかったって言われた。……男ってそういうもん？　させてくんない相手とは付き合いたくないの？」

恨みがましげな目がぼくらをみつめる。

「まぁ正直な話、そりゃさせてくれればそれに越したことはないけど――」

首を人差し指で掻《か》きつつ、佐藤がぼそぼそと答えた。

「……月並みだけど、体だけが目的ってわけだったのかな、やらせない女はどうでもいいのかなって考えたら、すごく男って情けない気がして」

「体だけが目的ってわけじゃないよ」

慰《なぐさ》めようと佐藤が言う。でも駄目だ。それ以上言ったらきっと山野さんは傷つく。たぶん別れを招いたのは――もちろんそういう理由もあっただろうけど、他にもきっといろいろあって――それで結局その恋人は別の相手を選んだんじゃないかと思うから。ひとつのことだけが原因で終わりになるなんてことはあんまりだけどそれを認めるのはプライドが許さないから、だから体だけが目的だったんだ、そんなひどい男許せない、ってことで自分の自尊心を支えてるんじゃないかって気がした。

――でもさっきからぼくの心のなかでざわめくものがあって――。なんだか妙に自分と重なるものが。

「けどタイミングも肝心《かんじん》じゃん。やりたいなって思ったときに拒否されたらやっぱりつらいよ。だから正直な話、そうなりゃ愛情あってもさせてくんない相手より、愛情なくてもさせてくれる相手取っちゃうかもしんない」

うーん、と考えながら割に真剣に佐藤が言葉を続けていたが、それを聞いた山野さんは露骨《ろこつ》な非難の目を向けた。

「ひどい、じゃあ女は何なのよ?」

「いや、だから極端な話だって。なにも俺がそうだっていうんじゃないよ?」

その場を繕うように佐藤が手を振る。山野さんの疑い深げなまなざしからどうにかして逃れようとしているようだ。

「でも逆にさ、一度寝たらそれで飽きちゃうって話もあるじゃん。遊びの恋っての?」

「私一度で終わったことあるわよ」

突然耳に入った言葉に目を剝《む》いた。ビールを呷《あお》り、西村さんがさらりと告白した。佐藤と山野さんも、えっと西村さんを見る。西村さんはそんなことはまるで気にも留《と》めない顔で話し続けた。

「知り尽くすまでが楽しいんじゃない？　よく言うじゃない、謎があるからいいって。寝たら興味がなくなるってこともあるでしょ。結局人間て独占欲の塊《かたまり》みたいなところがあるから、一度自分のものにしちゃったらあとはどうでもいいんじゃないの？　子供がおもちゃを欲しがって、買ってもらったら案外どうでもよくなっちゃうっていうあの心理みたいなもので。だから手に入ったら飽きちゃうし、なかなか手に入らなくて、でも自分の欲求のピークをすぎちゃったらもうどうでもよくなって」

ぽーん、と西村さんが放り捨てる仕草をした。そうそうと山野さんが深くうなずく。

「とにかく寝ようと寝まいと男は別れたいときには別れるの。そういう勝手ができるのよ。でもね、男ばっかりじゃないわよ。女だって一回やったら興味なくなることあるんだから」

麻理格好いいッ、と山野さんが叫ぶ。

西村さんも案外強そうにみえて実は弱いんだと思った。これが強がりな彼女なりの弱さの吐き出し方なのかもしれない。

そしてぼくはと言えば、さっきからずっとあるひとつの考えが頭から離れずにいた。

打ち消したいのに消えてくれない。一度耳についた歌がいつまでたっても消えないように、その考えはいつまでもぼくの心で燻《くすぶ》った。

外はすっかり冷え込んで、空気がちりちりちり肌を刺す。終電にぎりぎりで間に合うように店を出て、みんな早足で地下鉄の駅に向かっていた。

「ひゃー、寒いわ今日」

肩を竦めて一歩先を佐藤が歩く。それでもご機嫌なのか、鼻歌混じりだ。目論見《もくろみ》成功というか、あの後うまく山野さんと話をして、わりといい感じになっていた。その山野さんと西村さんはちょっと先を楽しそうに歩いていた。

「――佐藤」

声をかけると、んー、と振り向いた。

「なんだ？」

「――いや、なんでもない」

言葉をとめたぼくを変な奴と笑って、ぼくの知らない曲をまた鼻歌で歌いはじめた。

――訊いてどうにかなることじゃない。

この答えは誰にも出せない。そもそも答えの出るような問題でもないだろう。

ひとそれぞれに価値観があるんだから、一概《いちがい》にどうこう言えないことだってわかってる。

なのに妙に引っかかるのだ。いくら拭《ぬぐ》いさろうとしても、もしかしたら前野さんもそうなのかもしれない、なんて不安が消えてくれなくて。

（けどタイミングも肝心じゃん。やりたいなって思ったときに拒否されたらやっぱりつらいよ）

耳から消えないさっきの話。何度も何度も蘇《よみがえ》る。

（愛情あってもさせてくんない相手より、愛情なくてもさせてくれる相手とっちゃうかも――）

前野さんも一緒なんだろうか。いつまでも殻を破ろうとしないぼくの愛情を疑って、ぼくの気弱さを煩《わずら》わしく思って、どうでもいいと思い始めていたりするんだろうか。スキーの話が大して盛り上がりもしないで終わってしまったのもそのせいだろうか――実はもう見切りをつけられてしまっているのだろうか。まさか、そんなひとじゃない――そう思っても不安がじわじわ広がっていく。

あれ以来、挨拶《あいさつ》程度の軽いキスしかしないのも、思いやりだと感じていたのは単なるぼくの思い上がりで、前野さんにとってはその程度のキスしかしたくない相手になってしまったからなんだろうか――？

ぶんぶんと首を振る。そんなことはない。前野さんに限ってそんなことはない。だってぼくは女の子じゃないんだし、前野さんだってゲイじゃなくて、たまたま男のぼくを好きになったっていうだけで、だからぼくの体が目当てだってことはなくて――どうせ目当てにされるような大層《たいそう》な体をしてるわけじゃないけど——、だから大丈夫だと思おうとして。

——そうだ。前野さんはゲイじゃない。……ってことは、体を求めるのは——肉体的なものを求めるのはぼくじゃなくていいってことで——いや、むしろ綺麗で可愛い女の子のほうがいいに決まってる。あれだけもてるひとなんだから——現にぼくがいるときも、女の子から誘いの電話がくることもある。誰かはわからないけれど決まった相手ができたらしいと周囲のひとたちは知っているみたいで、それでもそんな電話はかかってくる。そのたびに前野さんは断ってくれている。でももし、前野さんがほんの気紛《きまぐ》れでもOKしたら——？

疑っていったらきりがないなんてことはわかっているのに、ぼくの頭はその永久迷路から抜け出せなかった。

何かの些細《ささい》な出来事で、簡単に前野さんはいなくなってしまう、ぼくの手から離れていってしまう——そんな気がして、そんな当たり前のことに今さらながら気がついて、心が凍り付いてしまうような鋭《するど》い痛みを感じた。

会いたいと思った。これほど痛切に前野さんの存在を求めたことはなかった。

「佐藤」

また呼びかけると、のんびり振り向いた。

「ごめん、先行ってて。電話かけるから」

おお、とうなずいた佐藤は、終電ぎりぎりだからさっさと切ったほうがいいぞと親切に教えてくれてから手を振った。

目に留まった電話ボックスに駆け寄った。寒さと街の喧騒《けんそう》を曖昧《あいまい》に遮断《しゃだん》した箱の中に入り、ぼくは震えながら大きく息を吐き出した。いくらかためらって、それからテレホンカードを差し込む。緊張して指が震えているのがわかった。こんな時間に電話をしたことはない。だけど今、どうしても前野さんの声が聞きたかった。こんなのはわがままだってわかってはいても、それを止める理性が働かなかった。

最後の番号を押して、一瞬の沈黙のあとで呼び出し音が響く。一回、二回と鳴るうちに、緊張がひどく高まった。

四回目でコールがとぎれたときには、受話器を取り落としそうになるほどだった——けれど。前野さんの声はぼくが望んでいた前野さんの声じゃなかった。「作原?」というい つもの呼びかけは「ただいま外出しています」で、「どうした」と柔らかく訊く声は「ご用件を発信音の後にお入れください」だった。

ピー、と間抜けな音が響いてから何も言えずに電話を切った。

何も考えられなかった。心の中にぽっかり穴があくなんていう現象が本当にあるんだということがわかった。いや——穴があくっていうより、すっぽりブラックホールになってしまったような。

いない、なんていう事態は考えてなかった。中西さんとでも会ってるんだろうか。でも中西さんは今、新車を買うからって毎日夜中までバイトをしてて、ラメ研だって三回に一回は休んでるくらいだ。尚季さんのところへは尚季さんが来ても前野さんが行くことは滅多にないって言っていた。

ラメ研以外の友達だってたくさんいるし、ぼくの把握していない前野さんの人間関係だってもちろんある。今のぼくみたいにどこかへ飲みに出ているのかもしれない。

だけどもしかして、——一番考えたくないことになっているかもしれなくて。ぼくじゃない誰かが前野さんの瞳を独占しているのかもしれなくて。目だけじゃない、指先も唇も耳も——体も。

あの日以来前野さんは本当に何もしてこない。もちろんして欲しいと思ってるわけじゃないけど、でもあの時までは、少しずつぼくが怯えないように、慣らすようにキスの深度を深めていっていたのに、それがいきなり軽いものだけになったのもちょっとおかしい。以前どこかでキスは愛情のバロメーターだっていうのを聞いたことがあるけど、それは真実のような気もする。愛しいと思うと抱き締める腕にも力が入るし、くちづける唇を離したくないと思う。それが——前野さんはそうじゃない——抱き締めることも近頃ない、キスも軽い。

——それは。

ぎゅっと全身が凍りつきそうな寒さと、体の中がすべて燃えつきてしまいそうな熱さと。

それが悲しみと嫉妬《しっと》だと気づくのにずいぶん時間がかかった。

外からOLらしい女のひとに、苛立《いらだ》たしげにノックされて外に出た。階段を降りて地下に潜《もぐ》ると、終電はちょうど出てしまったところだった。また外へ戻ったら、タクシー乗り場は朝のバス停並みの人の列で、待っているよりいいかと歩き出した。

ぼうっとしたままだから空車が走ってきても他のひとにさっと乗り込まれて、それにぼく自身さほど真剣に摑《つか》まえようって気もなくて——結局三十分近く歩いて、車に乗ったのは家まで半分近くの所に来てからだった。

冷えた体を冷たいと思うこともなく、つらい気持ちをつらいと思うこともなく家に入り、部屋に入ると机に置かれた写真が目に入った。

八月、ラメ研のみんなと海に行ったときに撮った写真。尚季さんも来てくれて——ほとんど前野さんと中西さんに無理矢理連れていかれたような形だったけど——それでもぼくが入って以来初めて全員がそろって、そのときにみんなで撮った一枚が嬉しかった。ぎりぎりまでアップになってびっしりみんなで写っている。ブラちゃんがぼくの首に腕をまわして茶目っ気たっぷりに笑い、ぼくは慌て、尚季さんはそっぽを向き、中西さんと前野さんはその隣で涼しげに微笑み、香菜子《かなこ》さんは真っ黒に焼けた林《はやし》さんと眠そうな目をこする沢口さんの間で満面の笑みを浮かべている。

じんわりと涙が浮かんだ。あれ、と思う間もなく頬にすっと涙が流れた。

体が震えた。寒さのせいなんかじゃなく。

体の中で吹雪が起きているみたいで。

拭っても拭っても涙は止まらない。

そのうちにひどく悲しくなって——前野さんがぼくのそばからいなくなってしまうのかと思うと、たったひとりの喪失なのに、世界中のひとがいなくなってしまったような気がして——いや、世界中のひとがいなくなったって平気だ。前野さんだけいてくれたら。そのひとが、そのひとの喪失がどれだけ自分に大きな意味をもたらすのか——あくまでまだ仮定の段階なのに、これだけ苦しい自分が不思議だった。


初めて来たライブハウスは思っていたより広かった。その会場に続々と人が入ってくる。吹雪だから出足が悪いかと心配していたラメ研のみんなもほっとしていた。女のひとのほうが多いのかと思ったらそんなこともなくて、男女半々といったところ。

クリスマスイブの今日は尚季さんの入ってるバンド、Dの最後のライブだった。全部で三バンドが出演して、Dはトリだそうだ。

「どうお、こういうところ」

香菜子さんがふわふわの髪を揺らして問いかけてきた。

「初めてだって言ってたもんね」

ブラちゃんがにこにこ笑う。

「――ちょっと緊張します。ぼくだけなんだか浮いてる感じで」

「なに言ってるの、そんなことないわよ」

香菜子さんがにこやかに手を振った。

「そんな気の張る場所じゃないんだから気楽にな」

そう声をかけてくれた林さんは、この場でも充分人目を引くドレッドヘアだ。

「自分の好きなように楽しめばいいんだから」

ぼくの緊張をほぐすように言ってくれた。こういう気配りがさすが元部長だなと思ってしまう。

「――ラーメン食いたい」

林さんの言葉の陰で沢口さんがマイペースに呟いて、思わずぼくもちいさく笑った。

「それにしても遅いわね、あのふたり」

少ししてからブラちゃんがきょろきょろ視線を動かした。あのふたり、というのは前野さんと中西さんのことだ。来たのはみんな一緒だけれど、ふたりは久々だからと店のオーナーに挨拶に行ったのだ。前野さんたちにとっては自分たちの思い出がつまった懐かしい場所のようで、感慨《かんがい》深げにあちこちに目を向けていた。

「ぎりぎりまでオーナー、中に入れとくつもりだろ。昔からのファンも今日は結構いるだろうから」

林さんが冷静にコメントした。

そうだ。以前は前野さんたちもこのステージに上がっていたんだ。あくまで自分の目で見たことのない、人づてで聞いた事実だから、どうも実感がわかなかったけれど、あのステージの上でこれだけの人に支持されていたんだと今ならなんとなくわかる気がした。……そしてぼくは前野さんに対する精神的な遠さを感じてしまった。

あの夜思ったことは前野さんに一切《いっさい》言っていないし、どこにいたのかも訊いていない――怖かったからだ。その答えを前野さんの口から聞くのが。こんな状態でいることがますます猜疑心《さいぎしん》を強める原因なんだとわかっているのに。

きっと前野さんは事実はどうであれ、ぼくの安心する答えをくれるだろう。だけどそれをきちんと受け止められる自信はまるでなかった。疑い出した心はそう簡単には止められなくて。

そして同時に、もしかしたら、ぼくの不安になる答えを突きつけられる可能性もあった。

こんな姿の見えない不安にいいように振り回されて情けないとは思う、だけど。

この数週間でわかったのはぼくは前野さんをものすごく好きなんだということ。でも好きだからこそ身動きの取れない状態に陥ってしまっている。

ふっと辺りの空気がざわめいた。振り向くと、中西さんと前野さんが連れ立って人波の中をこちらに向かって来ているところだった。以前からのDを知っているファンに声をかけられ、それに前野さんは照れくさそうに、中西さんはいつも通りの微笑みで応えていた。ふたりはこれだけの人の中でも充分すぎるほど目立った。単に顔の造作《ぞうさく》や背の高さなんかだけじゃない。発する雰囲気が——なにかひとを引きつけるものがあるんだと思う。——ぼくとは違う何かがだ。

「ただいま」

ひょいとぼくらの中に前野さんが入る。

「さすがにもてるな、元芸能人」

沢口さんが冷やかした。なに言ってんだよと前野さんが苦笑した。しばらく他愛《たあい》のない話をしてから、中西さんがじゃと軽く手を上げた。

「あれ、一緒に見ないんですか」

「ちょっと倫紀と一緒にいたくない気分なんです」

尋ねたぼくに笑ってそう答え、前野さんに意味ありげな目を向けて、そのままぼくたちとは離れて前のほうへと向かって行った。ケンカでもしたのかと慌てて前野さんを見ると、にやにや笑って中西さんの後ろ姿を見送っていた。

「——いいんですか？」

訳がわからず問いかけたら、いいのいいのと笑顔のままで答えてくれた。

「あいつはね——」

「おにいちゃん」

前野さんが何か口を開きかけたとき、突然背中を叩かれた。振り向くと案《あん》の定《じょう》、あやかが顔を赤くして立っていた。横にいるのが例のDファンの友達だろう。話させてよ、とあやかが目でせっつくように訴えてくる。

「あ、あやかの友達の——」

「山下《やました》めぐみです」

すっかりハート状態のふたりの目は前野さんに釘付《くぎづ》けだった。

「どうも、こんばんは」

こんな唐突な出現にも拘《かか》わらず、前野さんはにこやかに答えてくれた。

あやかの興奮は端《はた》で見ているぼくにも充分感じられた。昨日の夜なんかはちゃんと会わせてね、話させてねと耳に巨大なタコができるんじゃないかというくらいせがまれた。

「あやかちゃん、久しぶり。いつも電話とりついでもらってるんだよね」

「はいッ」

あやかのこんなに元気のいい返事を聞いたのは幼稚園以来じゃないだろうか。

「ごめんね、しょっちゅう面倒かけて」

「そんな……っ」

熱で潤《うる》んだような目で、ぽうっと前野さんを見上げる。面倒なんてかけてないんだけど、本当は。電話が鳴ってぼくが取ろうとしても、もしかしたら前野さんかもしれないと百人一首の札《ふだ》を取る勢いで受話器を奪ってるんだから。

うっとり前野さんを見上げているあやかたちが、この先黙ってたら調子にのって、サインしてくださいだの、握手してくださいだのと言い出しそうで、それを恐れてぼくはもう戻れとあやかに目配《めくば》せした。いつもなら素直にいうことを聞くタイプじゃないのに、前野さんがいるせいか、素直に後ろのほうの自分たちがいた空間に戻って行った。まわりから投げられる羨望《せんぼう》のまなざしさえも嬉しいようで、すっかり浮かれているのがわかった。

「作原の妹か？　似てるな」

林さんがからかうように話しかけてきた。

「ブラボー、可愛い」

「眼鏡とったら作原くんああいう顔してそう」

ブラちゃんと香菜子さんまできゃっきゃと囃《はや》し立てる。

「すみません、なんだか――」

謝ると前野さんは、どうして、と笑って言った。遠慮なんかすることないよ、と呟いてからぼくをみつめた。

――ああ、だから。だからその目を止《や》めてほしい。そんな目で見られたら、ぼくみたいに単純なバカはその目が向けられるのはぼくだけかもしれないと思ってしまう。

「――どうした？」

前野さんがひょいとぼくの顔を覗き込んだ。

「疲れてる――？　なんか元気ないぞ」

いいえ、と首を振ると同時に明かりが消えて、わっと歓声が上がり、ぼくにとっては幸運な喧騒《けんそう》が訪れた。


Dは――すごかった。すごかった、としかいいようがないくらいすごかった。

一曲聞いて圧倒された。

ぼくは音楽についての専門的な知識なんて何もないから詳《くわ》しいことはわからなくて、ただ自分の耳から入ってくる音で判断するだけだ。でも前のふたつのバンドもよかったけど、Dは音の質が違うって言ったらいいのか――こう、聞いてる人が嫌でも引きつけられるような迫力があった。

「どうだ？」

二曲目が終わり、林さんが隣から歓声に負けないくらいに声を上げて尋ねてきた。初めはぼくは前野さんの隣にいたものの、尚季さんが見たら嫌だろうと思って、Dのライブが始まる直前に後ろに下がって林さんの隣に来た。みんなぼくの気持ちはわかってくれたようで、何も訊いてはこなかった。本当はここへ来ることもためらっていた。ステージの上から尚季さんがぼくを見たら、せっかくの最後のライブなのに嫌な思いをさせてしまうんじゃないかと思って。けれど曲が始まってしまったらそんなことは何も考えられなくなって――それくらいとにかくすごくて。言葉の代わりにひとつ大きくうなずいたぼくに、林さんはにやっと笑って親指を上げた。

そのあとは大きな流れに飲み込まれるようで――気がついたときには場内が弾《はじ》けるような歓声と拍手にあふれていた。そうか、これが一体感てものか。一緒に盛り上がり、高まって。総毛立《そうけだ》つような快感。

曲が終わり、ステージの上の四人に花束やクラッカーが飛ぶ。尚季さんたちはその場にたたずんで、全身に疲れを滲ませながらも満足そうな笑みを浮かべていた。

場内からアンコールを求める声が響く。まもなくざっとギターが響き、なにか曲を弾《ひ》き始めた。場内は最高に盛り上がり――尚季さんが前野さんに目を向けたのがわかった。昔のDの曲だと林さんが教えてくれた。

そうか、この曲を前野さんは歌っていたのか。――歌っているところを見てみたかった。なんだかステージに立つ前野さんを見たことがないのが悔しかった。あやかや林さんたちが知っている前野さんの姿を知らないのは妙に寂しくて。

けれど、ぼくのその望みはあっさり叶《かな》えられることになった。

アンコールのその一曲目。熱狂的に盛り上がる中、ワンコーラスが終わって間奏に入った途端《とたん》、突然尚季さんがステージから客席に飛び下りたのだ。初めは演出なのかと思った。わざと客席に入ってお客さんを煽《あお》るのか、なんて。でもそうじゃないとわかったのは、尚季さんが押し寄せる人波をかき分けて奥へと進んでいったからだ。騒然となった場内はそれでも演奏が続いていた。ぼくは端《はし》にいたからどうにか平気だったものの、真ん中のほうにいた人たちは悲鳴を上げながらもみくちゃになって、それでもなんとかして尚季さんに手を伸ばそうとみんな必死になっていた。

騒ぎの中心人物は、係員が観客を押さえているうちにさっとドアを開け外へ抜け出た。追おうとしている女の子たちで出口の付近はパニック状態に陥り、阻止しようとする係員との大攻防が起こっていた。

初めて来たライブ会場で思いがけない突発的な出来事に遭遇《そうぐう》し、うろたえているぼく、そして興奮状態にあるみんなの耳に、ステージの上からのんびりした声が響いた。

「あー、どうやら逃げられました」

リーダーとして紹介されていたギターの秀《しゅう》さんが、咳払《せきばら》いをひとつした。

「ラストライブだってのにヴォーカルが失踪《しっそう》したっていうんじゃ格好がつかないな、まったく。そういうわけで、ピンチヒッター——前ヴォーカリスト、前野倫紀！」

名前を叫んで前野さんをマイクで指す。途端に場内はうわぁっと大歓声と嬌声《きょうせい》に包みこまれた。入り口付近に殺到していた人の目の大部分がこちらに向いて注意が逸《そ》れたその隙《すき》に、係員がさっとドアを閉め、鍵をかけた。

名指しされた前野さんは、瞬間驚き、それから、なに言ってんだ、と笑って眉を寄せた。

「こうやって途中で放り出すのはいけないことだって子供のときに教えなかったんだから教育不足。兄貴、責任取れ！」

一瞬後、怒濤《どとう》のような驚きの声が響き渡った。知らなかっただの、似てないだの。もうさっきから会場内は大興奮状態で、一種異様な熱気が漂っていた。

「倫紀！」

ステージから招かれ、客席からもコールが起こり、一般客を決め込んでいた前野さんもあきらめざるを得なくなった。

「――仕方ないな」

息をひとつつき、前野さんはステージに向かった。大歓声と拍手が迎える。照れくさそうにメンバーと顔を合わせ、慣れた手付きでマイクのスタンドを調節した。

「無責任な弟の責任を取って代わりを務《つと》めます。久しぶりなんで、多少のミスは勘弁《かんべん》してください」

大きな拍手がいいよの返事。ありがとう、と前野さんが微笑んだ。弘文《ひろふみ》も、とどこからか悲鳴のような声が上がり、喜びを滲ませた歓声が湧《わ》いた。

「ひとりで恥をかくのも嫌だし、おれもあいつを道連れにしたかったんだけど、どうも消えちゃったみたいで」

ブーイングの嵐をおさめるように、前野さんは微笑んだ。

「いない薄情《はくじょう》な奴のことは放っといて。いる人間だけで楽しもう!」

そう言い、それを合図にしたようにそれまで抑《おさ》えがちに奏《かな》でられていた楽器が以前と同じように響き始め――間奏のままの曲はようやくツーコーラスに入り歌が乗った。

前野さんの歌は。――どう言ったらいいんだろう。尚季さんのような派手さはないんだけれど、ぎゅっと体のなかに染み入ってくるような不思議な力があって――。ぼくの耳は前野さんの声だけを追い、目はライトを受けて輝く姿から離れなかった。

客席から熱い声援を受ける前野さんは、確かにものすごく格好よくて光っていて。

――けれどそのすごさがぼくにはとてつもなく遠い隔《へだ》たりのように感じられた。

遠いひとだとさっき感じた思いが、実感を伴って改めてぼくの体を駆け巡った。

苦しくて、つらくて、切なくて。

前野さんはぼくなんかのものになってくれるはずがない。

心の痛みを感じながら、不思議と冷静にそう思えた。

こんなに前野さんは輝いていて、こんなに前野さんを好きなひとはたくさんいて。そのひとがぼくを選ぶはずがない。ぼくなんかで満足するはずがない――。

熱く高まるステージと客席とは対照的に、ぼくの気持ちだけが悲しいくらいに冷めていった。


もう一曲アンコールに応えて、大盛況のうちにライブは幕を閉じた。明かりがついて辺りを見ると、泣いている女の子がちらほらと目についた。興奮冷めやらぬまま、みんな未練がちに、係員に促されてのろのろと出口へ向かって行った。

出て行こうとしたら係の人に呼び止められ、楽屋まで来てほしいという前野さんの伝言を聞かされた。正直ぼくは乗り気じゃなかった。先に帰ります、と口にしたけれど、聞いているのかいないのかわからないラメ研のみんなに楽屋に連れて行かれた。

ドアを開けるとそこではちょうどシャンパンが開けられた瞬間で――さっきまでステージにいたDのメンバーが、ライブの余韻《よいん》を残したまま、他のふたつのバンドのメンバーとライブハウスの関係者らしいひとたちに囲まれて賑《にぎ》やかに労《ねぎら》いと祝福を受けていた。

輪の中心にいた前野さんはぼくたちを見て、こっちへ来いよと手を振った。けれどぼくは少し離れた壁に立った。林さんたちが前野さんに近付き、からかうように声をかける。それに笑って応える前野さんを表面的には目の端で、でも本当は全神経で捕らえつつ、ぼくの足はそちらへは向かなかった。ブラちゃんが渡してくれたビールを手にし、どうにかしてここから抜け出すタイミングを計《はか》っていた。

——本当はどこかで虫のいいことを考えていた。そうやってひとりでいるぼくを前野さんが無理にでもそばに連れて行ってくれることを。

だけど現実は前野さんはぼくに構う暇なんてないほど、たくさんの人と楽しそうに言葉を交わしていた。

そして次の瞬間、追い討《う》ちをかけるように残酷な事実がぼくの目の前に突き付けらた。前野さんに近付いて行った他のバンドの女の子がいきなり、あたしずっと前野さんのファンだったんです、と叫んで抱き付き、キスをした。おおっとどよめきが広がり、もっとやれ、なんてコールまで飛んだ。

見たくないのにぼくの目はそのふたりに釘付けになって離れなかった。見えない手に頭を押さえられ、瞼《まぶた》を開かされているように。前野さんの表情には困惑が浮かんでいたものの、彼女は首にきつく両腕をまわして離さず——前野さんがゆっくり彼女の肩を押し、数秒後、ようやく体を自由にした。唇が離れた瞬間、指笛と口笛、拍手の嵐が取り囲む。

魂《たましい》を抜かれる感覚っていうのはきっとこんな感じなんだろう。呆然《ぼうぜん》として何も感じられない、考えられない。ただこの場にはいたくなかった。ラメ研のみんながぼくを心配してくれているのはわかったけれど、笑顔を作るだけの余裕はなかった。

そばにいた沢口さんに、先に帰りますと告げてその場を出ようとしたとき、輪の真ん中から、えー、と非難めいた声が上がった。

「ごめん、久々にステージに立ったら緊張しちゃって疲れちゃってさ」

嘘つけと笑ったDのメンバーに片手を上げ、前野さんはごった返す楽屋の中心から抜け出し、ドアの近くにいたぼくに目配せをして廊下へ出た。

なんだか嫌だった。前野さんに気を遣《つか》わせたことは明らかだった。

「――ごめんな」

申し訳なさそうに前野さんが詫びた。気まずそうな顔だった。

……どうして謝るんだろう。謝らなきゃいけないのはぼくのほうなのに。せっかくの最後の夜をこんな形で抜け出させてしまったのはぼくのせいなのに。あのキスを謝っているのなら――そんな必要なんかないことだ。

なのに言葉は出てこなかった。家に寄って行かないかという誘いにも黙って首を振った。

そうして外へ出て――ぼくはようやく前野さんに話しかけることができた。

「雪、止《や》んだんですね」

ずっと吹雪いていた空はいつの間にか落ち着いて、しんと吸い込まれそうなほど深い闇の夜空に星がちかちかまたたいていた。雪が降っていないぶん、乾いた空気は身を切るように冷えきっている。

辺りに人影はない。街の中心地から離れたこのライブハウスの周囲は少し前までの喧騒が嘘のように静かで、まさに聖なる夜に似つかわしかった。確かに時刻も日付が変わるまであと一時間余りの夜中だ。

「――本当によかったんですか、打ち上げ」

問いかけに前野さんはうんとうなずいた。口にしてから嫌味《いやみ》に聞こえたかもしれないと思ったけれど、それ以上言葉を出す気力はぼくにはなかった。前野さんも何も言わなかった。静かだった。本当に。さく、さく、と雪を踏み締めて歩くぼくたちのふたつの足音だけが辺りに響いていた。

しんとした空気。心を刺すほどに。沈黙の痛み。

ふと前野さんが歩みを止めた。数歩先に行ってからそれに気づき、振り返ると、ジャケットのポケットに手を入れていた。それからおもむろに出した手には、金色のリボンがかかった赤い箱があった。

「こんなところで渡すのも何だけど」

クリスマスプレゼント、とぼくの手に載《の》せた。

「――ありがとうございます」

ぼうっとしながらその包みをみつめて、がさごそと鞄の中から包みを取り出して手渡した。

「――ぼくからも、これ」

前野さんは嬉しそうに優しい微笑みをうかべた。

「サンキュ。何だろう」

前野さんが子供みたいにかさかさと袋を振った。

「大したものじゃないです」

開けてみたそうに、けれど、場所が場所だからなぁ、と恨めしそうに呟いて、前野さんが大切そうにポケットにしまう。

ありきたりだけれど、茶色い紙袋の中身は革の手袋だ。店で見たとき、なんとなくこれは前野さんに似合いそうな気がして決めた。

「前野さんこそ——何ですか？」

「帰ってからのお楽しみ」

それこそ大したものじゃないけどね、と苦笑した。

「ありがとうございます」

鮮《あざ》やかな赤が、街頭に照らされた白い雪の上で柔らかく浮かんでいた。

みつめているぼくの肩に前野さんの手が触れた。ふ、とその指先に視線を伸ばし、それからゆっくり目を上げた。

前野さんがただじっとぼくを見ていた。ぼくもその目をみつめ返した。何も言わずに。澄んだ瞳。微《かす》かに開いた薄い唇。寒さのせいでか色が薄い。

ゆっくりと顔が近付いて来た。ぼくはじっとその瞳から目を離さなかった。

「……作原」

唇まで五センチほどのところで前野さんは動きを止めた。キスしづらいのか、軽く眉を寄せ、唇を舐《な》める。

「──怒ってる？」

そのままの距離を保ち、前野さんが問いかけてきた。あのキスを指していることは言葉がなくてもわかった。いいえと答えてぼくは首を振った。それを信じていないのか、前野さんは自分を責めるように唇を噛《か》み締めた。

「怒って当たり前だよな。──おれが逆の立場なら激怒してる」

そう口にした前野さんをぼくはじっとみつめた。

──どうして。どうしてぼくが怒れる？　怒る権利なんてぼくにはない。ぼくは前野さんのものだけれど、前野さんはぼくのものじゃない。今日はっきりとそれがわかってしまったというのに。

「ごめん。あんなこと二度としないし、させない。本当にごめん」

腕が背中にまわされ、抱き締められていることに気がついた。力なく両脇にだらんと腕をたらしたまま、ぼくは前野さんの力に体を預けていた。

ぼくはそんなにショックを受けた顔をしているんだろうか──？　謝ったりしないでほし

い。そんなに済まながらないでほしい。もっと自分の思うままにふるまってくれていい。

「——え？」

呟きが声にもれていたらしい。前野さんは顔をかすかにぼくのほうに向けた。

「……だって前野さんはぼくのものじゃないんだから。ぼくだけのひとじゃないんだから」

眉をひそめてぼくに視線を向ける前野さんをまっすぐには見られなかった。

「勘違いしてたんです、ずっと。前野さんがぼくに優しくしてくれるから、ぼくだけを特別扱いしてくれるんだと思って——だけど思い違いで。前野さんにとってぼくは大勢のうちのひとりで」

「どうして」

前野さんはぎゅっと腕を摑み、体を離してきつい目でぼくを見た。

「だって——」

わからない。どこからこの思いの説明をしたらいいのか。前野さんに対するいろんなこの気持ちを。

「どうしてそんなこと思うんだ？」

凍《こご》える息でため息をつくと、哀《あわ》れむようにぼくを見た。

——どうして？

なんて残酷な質問。

その理由をぼくが答えられるはずがなかった。

キスしか出来ないぼく。それ以上を求めた前野さん。今まであれだけ女の子を夢中にさせて、もてててたひとがそんな我慢を強《し》いられて平気なものなのだろうか？　現にああやって簡単にキスしてくる女の子がそばにいる。その欲求を満たせないぼくに満足なんて出来っこないだろう。前野さんと付き合いたい女の子はいくらでもいるのに、その中からぼくを選ぶなんて考えられない。

「ずっと思ってたんです。それが今日はっきりした。――ぼくは前野さんに相応《ふさわ》しくない。前野さんみたいなひとがぼくなんか相手にしなくたっていいのに。変わり種を楽しみたかったんなら、もう満足でしょう？　……もっと楽しく恋愛のできる相手が似合うんじゃないですか？　前野さんから逃げないで欲求を受け入れられるような」

言葉がとぎれたのはぼくの意思のせいではなかった。ぱん、と鈍《にぶ》い音がして同時に頬にずしんとした痛みを感じ、反射的にぼくは口を閉じてしまっていた。

「なんだってそんな卑屈《ひくつ》になる……！」

見上げた先にあったのは、今まで見たことのないような鋭い顔だった。――以前ぼくが怒らせ犯されかけたとき――あのときの顔の厳しさのほうがまだマシだった。あのときのほうが感情がかっと表に出ていたから。けれど今の前野さんはなんとかして感情を押し殺そうとしていて、――吐き出すにはあまりにも強い思いで、自分でどうにかコントロールしようと

しているんだということがぼくにもわかり――つらかった。

「――彼女とキスしたことは謝る。だけどこれは謝らないからな」

そう言い切ると手を離し先を歩き出した。ぼうっとその背をみつめていたぼくも、十メートルほど離れてから無意識にその後を歩いた。

ちらほらと粉雪が降ってきた。凍える夜にふたりで歩いていて、お互いの体温が恋しいときなのに――こんなにも距離がある。ぬくもりなんて少しも感じられないほど。

大きめの通りまで出るとまばらに車が走っていた。歩みを緩めた前野さんは、空車を見つけて止め、ぼくに乗るように促した。何も意思が働かず、ただ言われるまま座席にすわったぼくに、今日は送れないからとちいさく言って、行ってくださいと運転手さんに告げた。ドアがばたんと閉まり――寒さで曇《くも》る窓越し、前野さんは読み取れない表情を浮かべてぼくを見ていた。動き出す車に合わせてちいさくなっていく前野さんの姿をぼくはぼうっと見送った。

――終わったんだ。

当たり前のように、けれど思いがけないことのように、突然そんなことが頭に浮かんだ。仮定が現実になって目の前に突き付けられた。前野さんに嫌われた。あんなに怒らせた。前野さんがぼくに怒りを向けたことなんて今まで例の強姦事件以来なかったことじゃないか？　いつも飄々《ひょうひょう》として、柔らかい笑顔を向けていて。

だけどこれでよかったんだ。ぼくは前野さんに相応しくないんだから——もっと前野さんに似合うひとはいるんだから。

——いつかはこうなるべきだった。その時期がめぐってきただけのこと。ただそれだけの——それだけのことなのに、どうしてこんなに苦しいんだろう。……もう会わない、そんなことがどうして。今まで十九年間、前野さんなしで生きてきたんじゃないか——。

「お客さん？」

運転手さんが驚いたようにぼくに呼びかけてきた。

「……はい？」

答えた声が鼻声で、ぼくはそのときようやく自分が泣いていることに気がついた。

気分が悪かったら言ってくださいね、と声をかけてくれた運転手さんに礼を言って、シートに凭《もた》れて目を閉じた。

家に着くとあやかもちょうど戻って来たところだったらしく、ぼくの姿を見た途端、興奮が冷めやらない様子でライブの話をし始めた。まとわり付いてくるあやかを疲れてるからと振りきり、部屋に入って着替えもせずにベッドに潜《もぐ》り込んだ。

体の中に充満するこの思いはすぼまることはなくて——泣いてもそれが楽になることもなくて。

——部屋中の緑はまるで慰《なぐさ》めにはならなかった。

ぼくにとっての「緑」は、この木々の緑ではなくなってしまっていたのだ。

……そうだ。確かに今まで前野さんを知らずに生きて来た。この緑の中でひとりで生きて来た。あのひとを知らなかったから生きてこられた。知っていて——前野さんと関わって一時《ひと》《とき》でも過ごした以上、この先あの存在をなくして生きることはできないかもしれない。

訳のわからない感情に体を乗っ取られた気分で、まるでこの事態に実感がわかなくて、けれど前野さんとぼくの関係が終わってしまったことだけはしっかりと現実として認識できて——やっぱり泣けて、ぼくは冴《さ》えた意識のまま、自分で導き出したはずの結論を反芻《はんすう》し、明け方いつの間にか眠ったらしかった。

——翌日瞼はぱんぱんに腫《は》れていた。


年末の街は人でごった返していた。今年も明日で終わる。クリスマスから暮れにかけてのデパートは人が多すぎてぼくの苦手な場所だ。

「うー、寒かったぁ」

地上から地下街へ降りてくるとあやかはきゅっと肩を竦め、体についた雪を払った。今日はこの冬一番の寒さになりそうだと朝の天気予報で言っていた通り、ぴりぴりした寒気が街中に立ち込めている。

「おにいちゃん、次三越《みつこし》ね」

手に母さんから頼まれた買い物リストを持ち、これは買ったし、あれはまだ、とぶつぶつ言っている。

荷物持ちに徹《てっ》しながら、ぼくは流れて行く人波をぼんやりみつめていた。楽しそうなカップルがちらほらと目に付いた。——ほんの少し前まではぼくもあんな幸せそうな顔をしていたんだろう。今はとてもできそうにない。

あのイブの夜からすべてが変わってしまった。いや、終わってしまったと言ったほうがいいかもしれない。

ラメ研の部会はこの間のライブが年内の最後ということになっていた。メンバーのほとんどが地方出身で年末は地元に帰るから、忘年会はなしで、年明けにみんなが帰って来た頃を見計らってゆっくり新年会をします、と中西さんが言っていた。

前野さんから連絡はなかった。ぼくからも出来なかった。逃げてるようだけれど、もう一度傷つくのは嫌だったから。あえてはっきりとしたさよならを聞きたくはなかった。

たぶんもう実家だろう。ライブのあと、ふたりでクリスマスをやり直してから帰ると以前は言っていたけれど——。

あの日くれたプレゼントは今腕にある。翌朝、鞄から覗《のぞ》いた赤い箱が目に留まり、ためらいつつ金のリボンをほどくと、中に入っていたのは茶の革の腕時計だった。シンプルで飽きのこなさそうな、前野さんらしい洒落《しゃれ》たものだった。左の手首にはめてみた。規則正しく秒針が進んで行く。本当ならこの時計で一緒に時を刻《きざ》んでゆきたかった。こうしている間にも前野さんと離れて生きる時間が増えていくのだ。皮肉な気がした。

切なくて、また泣いた。

そしてその時以来、ぼくの腕からこの時計は離れない。見る度につらくなるのに、それでも少しでも前野さんを感じていたくて——。

「——作原くん？」

突然聞き覚えのある声を耳にして顔を上げた。

「中西さ——」

言葉に詰まったのは、中西さんの隣で不機嫌そうに立っている尚季さんを見たからだった。

「買い物ですか」

「はい」

中西さんに話しかけられ、戸惑い混じりに返事をした。やがて数歩先を歩いていたあやかがぼくが後ろにいないことに気づいたらしく、振り向いた。途端に顔を輝かせて人波をかき分けて駆け寄ってくる。それを見た尚季さんはますます不愉快そうな顔になった。

「——たいした奴だな、おまえも」

「え？」

「倫紀と別れたと思ったらもう別な奴かよ」

どうやらあやかの存在を誤解しているらしい。それよりもぼくたちの今の状況を知っている言葉に胸が針で刺されたような痛みを感じた。――そうか。前野さんは、尚季さんたちに話したんだ。――もうぼくたちは取り返しがつかないんだ。

ちょうどそのときあやかがぼくの隣に来て、ぼくの腕をつついた。

「おにいちゃん、紹介してよ」

「――おにいちゃん？」

尚季さんが顔をしかめた。ああ、そんな表情、前野さんと似てる。

「妹です」

伝えたら、尚季さんは情けなさそうな、あきれたような息を吐き出した。

「あの、この間のライブ見ました！　すごく良かったです！」

尚季さんと中西さんのふたりのDのメンバーを見て、あやかは年末大感謝ミーハー祭といった感じで甲高《かんだか》い黄色い声を張り上げた。

「すみません、握手していただけますか!?」

すっかり浮かれているあやかは多分まるきり気づいていないだろう。でも端《はた》で見ているぼくには尚季さんの不機嫌は手に取るようにはっきりしていた。本当ならさっさとあやかを止めるべきなんだけれど、自分の苦しさだけで手一杯で、そこまで出来なかった。中西さんはいつも通りにこやかに、尚季さんはむっとした顔のまま、それでもあやかに握手をしてくれた。

手を離すと尚季さんは目でぼくを呼んだ。すっかりぽーっとなったあやかを人通りの邪魔にならないショーウインドウの前に立たせ、ぼくたち三人は人気《ひとけ》の少ない地上への連絡通路のそばへ動いた。

「――どういうつもりなんだよ」

唸《うな》るように尚季さんが責めてきた。今年の春、初めて会ったときと同じ、きついまなざし。ぐっと眉を寄せて、猫のような大きい瞳をじりじりと挑戦的にきらめかせて。答え次第では只《ただ》ではおかないとその表情が告げている。だけど怖いと思わなかった。今のぼくに怖いものはひとつしかないから。

「何考えてるんだよ、おまえ」

黙っているぼくに焦《じ》れたのか、尚季さんは舌打ちすると苛立たしげに床を踏みつけた。だけどどうして尚季さんはこんなに怒っているんだろう。ぼくたちの関係が終わったことに対する反応なら、尚季さんだったら「祝破局」の旗でも振って、両手を上げて万歳三唱《ばんざいさんしょう》くらいしたってよさそうなのに。

「――喜ばないんですか？」

「あ？」

鼻の頭に縦皺《たてじわ》を寄せてぎっとぼくを睨《ね》め付けた。

「だって——尚季さんの念願通り、ぼくたちは壊れたんですよ？」

ぱん、と空気を弾《はじ》く乾いた音がした。一瞬遅れて頬に痛みを感じた。皮肉にもこの間前野さんにぶたれたところと一緒だった。

「尚季」

中西さんが咎《とが》めるように腕をつかんだ。でも尚季さんはまるでお構いなしだった。毛を逆立てた猫さながら、全身に怒りを漲《みなぎ》らせてぼくを見据《みす》えていた。

「ああ良かったよ、おまえなんかと別れてな！　今のおまえはものすごくいじけてひねくれてる。もともとそういうところのある奴だけど、前はちょっと違ってた。自分でどうしていいかわかんなくて戸惑ってるみたいな感じがあったよ。それが今は卑屈になってやがる！何が『喜ばないんですか』だよ、ふざけんな！」

痛いところをぎゅっとつかれた。だけど他にどうしようもないんだ——。

「でもな、おまえが倫紀をあんなにしたんだぞ！　その責任は取れよ！」

顔を上げた。尚季さんの言葉が耳に引っ掛かった。あんなに——した？

「作原くんだって困りますよね、そんなふうに言われても。責任って言ったって——」

中西さんの執り成しを遮り、ぼくは口を挟《はさ》んだ。

「どういうことですか——、前野さんになにかあったんですか」

嫌な胸騒ぎ。その瞬間、不意にぼくの脳裏《のうり》を素早く駆けて行ったのは――鮮やかな血。光った刃物。あの夏の事件のとき、前野さんはぼくのせいでしなくていい怪我をした。……まさか。ぞくりと鳥肌が立った。

「事故、とか――」

「いえ、違います。そういう類《たぐ》いのことではないんですが……却《かえ》って性質《たち》が悪いと言えば悪いのかもしれないですね」

「――どういう」

「関係ないんだろ、もう別れたんだから」

びしりと叩き付けるように尚季さんが言った。ぎゅっと体の芯がひきつった。

ああ、そうだ。どんなことが前野さんに起こったってぼくには心配する資格さえないのかもしれない。だけど――だけど前野さんのことがどうしようもないほど気になった。前野さんに何かあったんじゃないかなんて思っただけでこんなにも不安で苦しくて怖い。

――好きなんだ。前野さんのことが、すごくすごく。今さらどんなに好きだと言っても後悔することにしかならないけれど。どんなに好きでも――ぼくたちはもう終わってしまったんだから。

「落ちこんでるんですよ」

ゆるくボールを放るように無造作に中西さんが口にした。その言葉をキャッチしたものの、意味を理解するのにずいぶん時間がかかった。

「……落ちこんでる？」

前野さんが？　あのいつもポジティブなひとが？　砂漠と大雨みたいにまるで関連性が掴めない。

「信じられないでしょう？　僕だって実物を見なければきっと信じられなかったと思います。長い付き合いですが、あんな倫紀は初めて見ました」

優しい微笑みを浮かべて中西さんはぼくに話しかけた。

「――どうして落ちこんでるのかは言わなくてもわかりますよね？」

意味ありげな含みを持たせた視線を投げかけてくる。

「野暮《やぼ》を承知で言うなら、失恋したから――みたいですが」

何が失恋だよと尚季さんは眉間《みけん》に皺《しわ》を寄せて小声で毒づいた。

「嫌いなんですか？」

突然全神経を突く言葉を中西さんに吐かれてぼくは身を硬くした。中西さんはさりげなく、けれど的確にぼくの精神を押さえこんでいた。

「嫌いで終わらせることにしたなら、それは仕方がありませんから僕も口を挟みませんが。でもそうはみえないので」

少しずつ、砂に水が染み込んでいくように中西さんの言葉はぼくの内部に浸透《しんとう》していった。

「……前野さんは何て――？」

「何も言いません。だんまりで――ライブの翌日にちょうど話があって電話をかけたんですが、あまりにも元気がなくて――どうしたのか尋ねたら、駄目になったと言いました」

中西さんが淡々と口にした。

「ねえ、作原くん――意味のないことだと思いませんか、ちょっとした擦れ違いからこんな寂しい思いをすることになってるなんて。時間の無駄じゃないかと思いますが」

子供に言い聞かせるように、ゆっくりと中西さんは続けた。

「確かに人間関係にはある程度の時間の無駄遣いはつきものですが――もういいんじゃないですか？　これ以上長くなるとお互い体を壊しますよ。本来一緒にいるべきもの同士が離れていていいことはそうないですからね」

「――でも」

でも前野さんはぼくを許しはしない。あんなにそばにいるのが当たり前だったのに、一度離れてしまった心は戻っては来ない。あれだけ怒らせて、嫌われて。

言い淀《よど》んだぼくをきつい双眸が睨み付けた。

「――あーッ、イライラすんなぁッ」

尚季さんは拳で自分の膝《ひざ》を叩いた。

「どうしてそうグズグズしてんだよ？　倫紀が――倫紀がおまえのこと大事にして、……メチャクチャ惚《ほ》れてるってことわかってるんだろうが！」

——驚いた。初めてだった。尚季さんが、こうやってぼくたちのことを表現したのは。ぼくはそのままうつむいてしまった尚季さんの線の細い横顔をみつめていた。

「……ショックだったんだよ——あんな元気のない倫紀初めて見た。あんな顔したことなかったのに。……良くも悪くもおまえだけなんだ。倫紀のいろんな感情動かせるのは」

尚季さんが声を震わせ訴える。ぼくは何も言えずに尚季さんの足元をみつめていた。

「……好きなんでしょう？　倫紀だって好きなんですよ、作原くんのことが」

「でも——わからないんです」

何が、と中西さんは優しい目でぼくに問いかけてきた。息を吸い込み、ぼくは呟いた。

「どうしてあんなすごいひとがぼくなんかと付き合っているのか不思議なんです。ぼくのどこかいいところを感じ取ってくれたってことは、ありがたいと思います。初めは浮かれてて
——それで良かった」

——そう。どこがいいんですかと訊いたぼくに、何事にも真剣に取り組むところがいいと言ってくれた。あの言葉がどれだけ支《ささ》えになったかわからない。

「だけど段々時間が経っていって——前野さんなら綺麗な女の子といくらでも付き合えるのに、ぼくみたいな面白みのない人間と付き合って何が楽しいんだろうって——、前野さんの望みなんて何も叶えてあげられないのに……普通の恋人同士みたいなこともできないのに」

「――ああ」

それだけで中西さんはピンと来たようで、一瞬後には穏やかな微笑を浮かべてぼくを見た。

「作原くん、高校時代、倫紀が何て言われてたか知ってますか」

突然の話題の転換に惑いつつも、聞いたことのない話に首を振った。

「こういうんです――『身持ちの堅い前野』」

おかしそうに中西さんは呟いた。え、と顔を上げたぼくにひとつうなずいてみせる。

「きみが思うとおり、ずいぶんもてましたから声をかけてくる相手はたくさんいました。でも遊びで付き合うのは嫌だと言ってそんな軽い誘いは断ってきたんです」

誰かさんとは大違いだよな、と尚季さんが誰に言うでもない様子で言葉を吐いた。

「外見で誤解されてしまうかもしれませんが、決して遊びで恋愛をしたり簡単に肉体関係を持ったりするような人間じゃありません」

これまた大違い、と尚季さんがぼそりと言った。

「この話を信じる信じないはきみの自由ですが、真相を確かめるのなら本人にどうぞ。多分まだアパートにいますよ」

中西さんは同意を求めるように尚季さんに目を向けた。

「――今日、弘文の車で一緒に帰る計画たててたんだけどな」

ふいっと顔を背《そむ》け、尚季さんが吐き捨てた。ああ、尚季さんたちが持っている紙袋も家へのお土産《みやげ》か。ふたりの手を見やり、ぼんやりぼくは考えた。——そうか。帰省《きせい》したらまた会えないんだ。いや、どうせ札幌にいても会えないんだから物理的に離れていたほうがまだ諦《あきら》めがつく。

——でも今こうして尚季さんたちに会ったみたいに、偶然外で会うなんてこともできなくて——しばらくの間はいくら会いたくても会えないんだ。

切なさに押しつぶされそうになったぼくを救ってくれたのは、尚季さんの言葉だった。

「——断られた。帰らないんだってさ」

「え——？」

無意識にだろうけれど、尚季さんはかすかに口を尖《とが》らせて話を続けた。

「いつになるかわからないけど、気が向いたら帰るかもしれないって。そんな程度」

思いがけない話に、ぼくは呆然と尚季さんをみつめた。

「珍しいんですよ、倫紀がそういう態度なのは。あれで結構年中行事にこだわるほうで、年末の帰省なんかは率先《そっせん》して準備をしていたんですが。——これはどういうことなんでしょうね」

謎《なぞ》掛《か》けをしかけるように、悪戯《いたずら》な光を含ませて中西さんがぼくを見た。いくら鈍いぼくでも、中西さんが言っていることはわかる。——でも。

「ぼくは嫌われちゃったから——」

ちいさく息を吐き出して中西さんが苦笑した。

「普通嫌ってる相手に失恋はしないと思いますが。ぶつかってみたらいいじゃないですか。あれこれ考えるのはそれからでいい」

「——どうにかしてやってくれよ！」

それまで黙っていた尚季さんがいきなり口を開いた。拳を握り、きつく眉を寄せて。

「あんな倫紀見てらんねえよ……オレが助けられるなら助ける。だけど駄目なんだよ、オレじゃ。頭にくるけどおまえじゃなきゃ駄目なんだよ！　——本当は帯広に帰りたくないんだ。あんな倫紀置いて行きたくないんだ。だけどオレがいてもどうにもならないから、気ィ遣《つか》わせるだけだから——だから……っ」

きつい瞳でぼくをみつめる尚季さんは真剣だった。

……ぼくじゃなきゃ駄目？

「作原くんだってそうでしょう？　倫紀じゃなきゃ駄目でしょう？　いくら他のひとから優しくされても、楽しいことがあってもそれじゃ空白は埋まらないでしょう？　そういうものじゃないかな——その犯人に責任を取ってもらうしかないんですよ。——もう一度訊かせてください。倫紀を好きですか？」

その言葉が。おかしいかもしれないけれど、結婚式で神父から問われる誓いの言葉のように思えた。

――好きだ。好きだ。ぎゅっと目を閉じた。好き――全身からあふれ出すほどに。

ゆっくりと目を開いたぼくに中西さんは晴れやかな微笑みを投げかけ、目線をふとぼくの肩越し、向こうに向けた。

「すみません、長話になってしまって。妹さんが待ってますね」

それじゃ、と中西さんは軽く頭を下げて尚季さんを促し、歩き出した。

「中西さん」

歩き出した背中に呼びかけた。振り向いた顔に、ぼくははっきりと言った。

「さっきの質問、――イエスです。好きです」

知らぬ間にきつく拳を握っていた。じっとぼくの顔を見ていた中西さんが、ふわりと微笑んで返事をくれた。

「――わかってますよ」

その数秒後、きつい瞳でぼくを見ていた尚季さんが、ぽつりとひとこと呟いた。それはあまりにも意外で、信じられないものだったけれど。でも確かに聞こえたんだ。――頼む、って。

何故《なぜ》だかやけに頼りなげで儚《はかな》げにみえる尚季さんをかばい、守るように、中西さんがその隣を寄り添うように歩く。ひとりでいるときの尚季さんは強さが全身からあふれていて、その細い体も気付かないほどに補《おぎな》ってしまうけれど、こうして誰か尚季さんを守る存在がそばにいると意外なほどに華奢《きゃしゃ》だとわかる。

ぼくはどうなんだろうか。そばに前野さんがいると強くなれる気がした。理想の自分に近付いてゆけそうな気がした——。

「おにいちゃんて実はすごいひとだったのねぇ」

うっとりとした声を上げてあやかがふらふらと波間を漂うようにやってきた。

「尚季さんて絶対ファンの子に握手なんて求められたってするひとじゃないんだもん。めぐみちゃんに自慢しちゃぉー」

「——あやか!」

「はいっ!」

急に振り向き声を上げたぼくにあやかは驚いたようで、びくっと肩を震わせて返事をした。

「ごめん、先帰ってて!」

両手の荷物をあやかに渡し、ぼくは地下鉄の改札に向かって走り出した。

呆然とした状態から立ち直ったらしいあやかが戸惑った大声で何やら叫んでいたけれど、振り向きはしなかった。

——行かなきゃ。前野さんに会いに行かなきゃ。

会ってどうするのか、何を話すのか、そんなことは何も思い付きもしなかった。

改札口で入れた定期の期限が過ぎていることを派手な警報で知らされて、切符売り場へ戻って切符を買って、また改札を抜けて、ちょうど来ていた発車直前の電車にぎりぎりで飛び込み、目的の駅で降りると一目散《いちもくさん》に走り出した。雪が冷たい風と一緒にぶわっと全身に叩き付けるように吹いてきた。腕をかざして、顔をしかめながらぼくは慣れた道を急いだ。

どうでもよかった。どれだけ遠いひとでも、どんなに女の人にもてても。

ぼくは前野さんが好きで、嫌われたとしても前野さんが好きで、その気持ちは変えようがなくて。だからもうその思いだけで突き進むしかないのだ。この思いを捨てることなんて一生出来ないんだから。

前野さん、前野さん、――前野さんのことしか頭の中にはなかった。

息を切らしつつ辿り着いた第一あけぼの荘の部屋は、けれど誰もいなかった。チャイムを押しても、ドアを叩いても何の反応もなかった。

合鍵はもらっていた。ポケットから取り出した。吹き荒《すさ》ぶ風に鍵がじゃらんと揺れる。なんだか使うのは気が引けて、ずっとキーホルダーの飾りから脱却《だっきゃく》していない。前野さんの留守中に上がりこんでいるのは、なんとなくその合鍵の権利を持っていることに自分で酔っているようで浅ましい気がして。――なんていうのは建て前で、本当はぼくが部屋の中にいるのを見たときの前野さんの反応が怖かったのかもしれない。いくら鍵を渡したからって本当に使って入ってくるなんて図々《ずうずう》しい奴、そう思われたくなかったのだ。

しばらく見てからまたポケットに引っ込めた。いつでも使えと前野さんがくれたもの。それがぼくをテリトリーに完全に入れてくれた証拠のようでとても嬉しかった。

でも、今使いたくなかった。ぼくが強引に前野さんの世界を開けるんじゃなく、前野さんに自分で開けてほしかった。そんなことはまるきり今の状況に関係のないことかもしれないけれど。それでもぼくはそう思って、そうしたいと思ったのだ。前に同じようなことを前野さんが言っていたなと思った。ぼくが自分の世界から出て来るのを待ってるって。それはこういうことだったのか。

前野さんの部屋のドアに背をつける。寒さから身を守ろうと、ぎゅっと体が縮《ちぢ》こまった。ダッフルコートの袖《そで》を引っ張って、てのひらを袖口の中に入れて腕を組んだ。冷えた時計が指先に触れた。雪も風も容赦《ようしゃ》はなくて、勢いを落とさずにぼくをなぶる。けれどそれすらも気にならなかった。ただぼくの心は前野さんにしか向かっていなくて——それ以外のことはどうでもよかった。

どうして別れようなんて思えたんだろう。こんなにも必要なひとを失って生きていこうなんて思えたんだろう。

嫌われることが何よりも怖くて、嫌われたくなくて。だからいろんなことができなかった。なのに、そのどれもしないうちから終わりを迎えてしまうなんてあまりにも悔しい。前野さんに謝ろう。そしてもう一度やり直してほしいと頼んでみよう。

拒絶されたら——一瞬その場面が頭に浮かんで、全身が寒さのせいではない震えに襲われたけれど、それでも自分に言い聞かせた。……拒絶されたらどんなちいさなきっかけにでもすがりついて、話を聞いてもらおう。ぼくの思いを——今まで話さなかった、話せなかった心のうちをすべて告げてしまおう。

偽《いつわ》った飾った自分を見せていても仕方がない。ありのままのぼくを見てもらって——そして決めてもらうのが一番いい。初めから自然体のぼくを見てくれた前野さんに、いつのまにか素の自分を見せられなくなっていた。——好きだから。

それはなんだかおかしな話だった。繕《つくろ》った自分しか見せられないなんて。自分のいいところだけを見せたいっていう欲求は当然なのかもしれないけれど、でもおかしい。みっともない自分も、情けない自分も全部晒け出して、それでも愛してくれるのか、それでも自分でいいのか、そんな問いかけをお互いに無言でしあって——そうか。だから裸になって抱き合うのか。おそらく究極に不様《ぶざま》な姿を見せて、それでも愛せるのか尋ね合うのか。ただの肉欲や恋情じゃなくて。

——不思議と納得できた。自分で導き出した、自分にしか認められないだろう結論。

前野さんに早く会いたかった。

そろそろ早い冬の夕闇が辺りに立ち込めようとしている。一時間経っても二時間経っても前野さんは戻って来なかった。寒さを感じる感覚はとっくに麻痺していた。

もしかしたらそれこそふと気が向いて、実家に帰ってしまったのかもしれない。車はいつもの場所においてあるけれど、冬道なら列車で帰る可能性もある。

そう思っても、体はそこから動かなかった。主人の帰りを待つ犬のように。苦笑がもれた。なんだか帰らない主人を待つハチ公の気持ちがわかる気がする。――戻って来ないかもしれないって思っても動けないいんだろう、きっと。いつか絶対に戻って来るはずだって、そんな信念が全身にあって。そんな気持ちをわかってくれるだろうか、あのひとは――。

風の中、雪がきしむ音がした。足音。咄嗟《とっさ》に目を階段に向けた。心臓が体中にあるように、そこかしこで激しい鼓動《こどう》を繰り返していた。階段が揺れる音と、きゅっきゅっと雪を踏み締める音。そしてわずかな後で現れたのは――。

「前野さん……」

思わずこぼれた声と同時に前野さんの目がぼくを捉《とら》えた。その場で歩みが一瞬止まり、大きく目を見開いた。それから足早に階段を上がり、ぼくの前まで来た。目はずっとぼくから離さない。表情は読み取れなかった。怒っているような、驚いているような、呆れているような。そのどれでもよかった。

「――どうしたんだ」

出て来た声は驚きが八十パーセント、怒りが十パーセント、あとの十パーセントはちょっと不明――迷惑、じゃなきゃいいけれど――というところだった。

「帰ったんじゃなかったんですね」

ほっとした息と一緒に言葉がもれた。

「隣にいた」

「隣って――部室？」

訊くとちいさくうなずかれた。

「大掃除《おおそうじ》」

一瞬ぽかんとして、それから中西さんの言葉がふと耳に浮かんだ。

(年中行事にこだわるほうなんですよ)

おかしくなって笑いが喉からもれた。

なんだ。すぐそこにいたんだ。あの言葉をヒントにしたら案外すぐ居場所はわかったのに。

――こんなものなのかもしれない。何事も。

「いつからいたんだ」

ついさっき来たところですと答えようとして、足元の吹き溜《ふだ》まりを見て、それは無理だと諦めた。正直に、二時くらいからと白状した。

「二時⁉」

眉をひそめて時計に目を落とす。

「――おい、三時間も突っ立ってたのか？」

そんなに経ってたのか。道理で全身雪だらけになってるはずだ。バカじゃないかとますます呆れられたかもしれないなと思ったら、つらさより苦い笑いが込み上げた。

「どうして中に入ってなかったんだ。鍵持ってるだろ」

その問いには微笑みで答えた。言葉じゃすぐにうまく伝えられる自信はなくて。それよりももっと伝えたいことがあって。

「――とにかく入れ。冷えきってる」

「前野さん」

急いで鍵を開けようとした横顔に呼びかけた。

「好きです」

瞬間すべての動きが止まった。雪や風さえも止んだ気がする。もちろん実際そんなことはなくて、ただ前野さんしか見えなかったから、そういうふうに思えたんだろうけれど。

そのまま数秒前野さんは静止して、それからゆっくりぼくに顔を向けた。初めて見た。そんな複雑な表情。呆然としているような、驚いているような、――泣き出しそうな。

本当は言いたいことはたくさんあったはずで、でももうなんだかそれだけ言ったら胸が一杯になってしまって、喉元に熱い塊《かたまり》があるみたいで言葉は出て来そうになかった。とりあえず一番伝えたかったことは伝えられたし、ひとまず帰ってまた出直そうと軽く頭を下げた。

前野さんの脇を擦り抜けて階段を降りようとしたときだった。腕を摑まれ、――突然抱き締められた。

「──前野さん……」

強い強い力。どこからこんな力強さが出てくるんだと思うような。苦しくて背骨がきしむ。息苦しい。片腕が背中に、もう片腕は肩に。前野さんのごつごつした固い胸板を感じ取る。けれど。

ぼくはその痛みがなぜだかひどく心地好《ここちよ》かった。マゾヒストにでもなってしまったんだろうかと思うくらいにその痛みが快感で。

「光《あきら》──」

かすれた声で前野さんがぼくの名を呼んだ。ああ──ずっとその声でぼくの名を呼んでほしかった。肉の薄い頬がぼくの額、こめかみ、そして頬にきつく押しつけられる。時折深い息がもれる。

「……光」

そのときぼくの頬に伝った熱さを残したものはきっと体温で溶けた雪。そう思おう。──もしかしたら涙なのかもしれないけれど──前野さんが泣くなんて考えられないし、もしそうだとしたら、ぼくも泣いてしまうのは間違いないから──だからあえて問いかけなかったし、顔を上げてもみなかった。

そうしてぼくたちは吹雪の中、きつくきつく抱き合っていた。

「――どうだ、大丈夫か？」

台所から前野さんが戻って来て、ストーブの前に座るぼくの隣に腰を下ろした。暖かい部屋に入った途端に一気に曇った眼鏡はテーブルの上に乗っている。だから視界がいつもよりは少しぼやけていた。注意深く渡してくれた紅茶のカップを受け取り、平気ですとぼくは返事をした。

ぼくの背中にかけた毛布をちゃんと直し、前野さんはこするようにぼくの肩を撫でた。

「まだ冷えてるな」

それはそうだろう。自業自得《じごうじとく》だから仕方がない。氷点下《ひょうてんか》の外で三時間もただじっと突っ立ってたんだから。この状態で風呂に入ったら、あんまりにも冷えすぎてる肌が痛い。それは子供の頃から体験済みだ。だからこうして徐々に暖かさを取り戻していくのが一番いい。

風邪を引いて、こんな時期にまったくと家族に嫌味を言われている自分の姿が目に浮かぶ。けれどそれさえも気味がいい。

「どうした」

思いがけない至近距離から声をかけられた。にやけてるし赤くなるし、はっきり言って今のぼくは不気味の極致《きょくち》だ。これも風邪の兆候《ちょうこう》ということで話をつけたい。

「地元――帰らないんですか」

紅茶を吹いて冷ましつつ、前野さんに訊いた。

「帰るよ」

お得意の飄々とした表情で煙草をくわえた。

「そのうちね」

「そのうちって——もう明日、大晦日《おおみそか》ですよ」

「そうだな」

わかっているんだかいないんだかよくわからない笑顔で前野さんは火をつけた。なんだかそれが妙に幸せそうにみえたのはぼくの気のせいだろうか。

「……そんなにさっさと帰ってほしい?」

「そんなわけないじゃないですか!」

真剣に答えてからはっとした。前野さんが煙草を手に移し、悪戯なまなざしでぼくを見ていた。恥ずかしいやら悔しいやらで赤くなってうつむいたぼくの肩に、今の弾《はず》みで落ちた毛布をまたかけ直し、楽しそうに頭を撫でた。

「……帰りたくなかったんだよ、作原とあんなふうになったままで。——でも今はもっと帰りたくなくなった」

体の芯が蠟燭《ろうそく》になったみたいだ。前野さんの言葉がまるで火のようで。どんどん燃えていくのがわかる。

「――怖かったんです」

そろりと切り出すと、ぼくの肩に乗せられた前野さんの腕が一瞬強張《こわば》った。違う、そうじゃない。早くその誤解を解いてしまいたくて、口早にぼくは続けた。

「ぼくは前野さんのことが好きで――すごく好きで。前野さんがぼくのこと、おこがましいけど好きでいてくれてるのもわかってるつもりで。でも段々どうしていったらいいのかわからなくなっていったんです。前野さんにこうして触れられたり、キスしたりするのは嫌じゃなくて――むしろ安心したりして。だけどそれがそれ以上になると――」

「嫌？」

一旦《いったん》口を閉じたぼくに前野さんは尋ね、ぼくはどう答えていいのかわからず、唇を嚙んだ。

「前野さんが嫌なんじゃなくて――いや、前野さんだから嫌なのかも……。自分でも知らない自分を見せるのが怖くて――嫌われたらと思うとたまらなくて。それにもし一度寝て、それで飽きられちゃったらどうしようと思ったり。もし相手が前野さんじゃなきゃ、好きな相手じゃなきゃこんなに不安にならないだろうけど――でも前野さん以外の相手とそんなことになるなんて絶対に考えられなくて」

何を言ってるんだか自分でもよくわからない。前野さんはもっとわからないんじゃないだろうか。

恐る恐る目を向けた。なんだかつらそうな、考え事をしているような顔で前野さんがぼくを見ていて、そっとぼくの肩を抱き寄せた。

「……前野さんがもてるってことは聞いてたし、ぼくも自分の目で見てわかってたし──あのライブのとき、本当にすごいひとなんだって改めてよくわかったんです。だからどうしてぼくみたいな平凡な人間と──しかも何も応えられないような相手と付き合ってるんだろうって思って。……だけど、そういう雰囲気がなくなったらなくなったで、バカみたいなんだけど、ぼくのことどうでもいいのかなって思うようになって──疑ったんです、前野さんの気持ちを。ぼくだけじゃないんじゃないかって、──特別になったような気がしてたのはぼくだけで、本当はそうじゃないんじゃないかって。ぼくが応えなきゃ他にそれに応えられるひとがいるんじゃないかと思ったんです」

「ごめん」

その瞬間、自分が言おうと思っていた言葉を耳にして戸惑った。見上げた先の前野さんが苦しそうにぼくをみつめていた。

「──ごめん。作原の気持ち考えてやれなくて」

「前野さん──」

うろたえた。どうして前野さんが謝るんだ。前野さんは何も悪くないのに。

「おれがもっと抑《おさ》えられたら良かったんだ」

額を軽くぼくの額につけ、目を閉じた。

「わかってはいるんだけどな、どうしても——自分で自分の言うことを聞けないときがあるんだよ。キスして抱き締めたいって思う気持ちを抑えきれなくなって——傷つけた。だから反省して、しばらくキスは軽くするだけって決めた。……作原がためらうのは当然だよ。ふたりとも男だから——精神的な面では同性だって関係ないって思っても、いざ体が絡《から》むと抵抗を感じたって不思議じゃない」

「いえ——」

思わず口をついた。そういうことは考えてなかった。

「違うんです、——男同士だとか、そんなことはぼくにとってはどうでもいいことで。相手が前野さんなら、男でも女でも宇宙人でも関係なくて」

前野さんは困惑した表情を浮かべてぼくを見た。

「なんていうか——初めてのことをするときって緊張しませんか？」

案外、案ずるより産むが易しで、してしまったらなんでもないことなのかもしれないけれど。でもこうして石橋を徹底的に叩いて渡るのがぼくの性分《しょうぶん》で——。それで橋が壊れてしまって渡れなくなっても、それならそれで仕方がない。これを開き直りっていうんだろうか。

「……するかもしれないな」

ちいさく笑って前野さんがぼくの肩を宥めるように軽く叩いた。

「でもおれがそばにいるから——そんなに緊張するな」

——ああ、このひとはわかっているようでわかっていないのかもしれない。前野さんだからこんなに緊張するし、恥ずかしいのに。

苦い甘い笑いがもれた。でもこれは、ひどく心地好い緊張だった。

本当は怯える必要なんてないのかもしれない。前野さんはきっとどんなぼくでも受け止めてくれる——自惚《うぬぼ》れているんじゃない。前野さんはそういうひとだから。自分の取り組む対象に、まっすぐに取りかかるひとだから。

——だから信じよう。そう思える。

「考えてた、あの日の夜から。自分がどうしたいのか、作原とどうなりたいのか。急がないよ、おれは——急《せ》いて作原をなくすのは嫌だから。だからもう余計な心配はするな」

じっと見上げる男らしい顔。この何日間かで少し痩《や》せたかもしれない。ひょっとしてあんまり物を食べてなかったんだろうか。

「さっき街で尚季さんと中西さんに会って」

「うん」

「前野さんのことすごく心配してました。どうにかしろって——」

「言われた？」

うなずくと眉を寄せて笑った。

それが起爆剤になったんだ——あのふたりが。感謝した。落ち着いたらじわじわ嬉しくなってきた。初めからぼくたちを応援してくれていた中西さんはともかく、あの尚季さんがああやって言ってくれるなんてきっと一生ないと思っていたから。

「……そんなにひどかったんですか？」

まあな、とふざけた調子で前野さんが答えた。

「気力と食欲がなくて、眠れなかった」

「ごめんなさい、まさかそんなに前野さんが気にするなんて思わなかったから――」

「するに決まってんだろ、どれだけ惚れてると思ってるんだよ」

前野さんがきっぱりと言い切った。その言葉がぼくの胸を熱くする。

もう終わりだと思ってひとりで殻に籠《こも》ってた。もっと早くにこうして会っていたなら、ふたりとももっと早くに楽になれたのに。前野さんは慈《いつく》しむようなまなざしをくれた。

「怖かったんだよ――あんなふうに別れて、傷つけて。……もう駄目だと思った。電話一本かけて謝ってみればいいのに、怖くてそれが出来ないんだ。もしもう話もしたくないなんて拒絶されたらどうしようって思って。――それぐらい大事なのにバカみたいだよな。だから作原のほうがおれよりよっぽど男らしいし、勇気があるよ。作原がこうして来てくれたから、今こうしていられる」

そんな大層《たいそう》なものじゃない。ただ背中を押されて走り出せただけだ。

なんだかおかしかった。お互いに同じ思いを抱えてた。それぞれが素直になれば――怖さを取り除けば、すんなり解決出来たのに。でも多分これでいいんだ。中西さんの言葉じゃないけれど、遠回りも必要なんだと思う。だけどそれはきっと遠回りなんかじゃなくて——必要な道程《みちのり》なんだ。ぼくにも前野さんにも、歩かなきゃならなかった距離。自分たちを見つめ直すために。どれだけ大切な存在なのか、確認するために。

「——会いたいと思いました？」

どう答えてくれるのか、そんなことはわかっていたけれど。それでも聞いてみたかった。

「会いたかった」

そのまま欲しい言葉をくれた。なんだか頬が緩んでしまう。

「ぼくもです——気が変になるくらい会いたかった」

自然とその言葉を吐き出せた。何の衒《てら》いも気負《きお》いもなしに。

切ないほどに幸福で。自分がこのひとを好きだと改めて気づくことがこんなにすごいことだなんて思わなくて、離れたくなくて、どうしたらいいのかわからないくらい前野さんが愛しくて。

カーテンが開いたままの窓の外に目を向けた。雪はまだ止みそうにない。風はおさまり、粉雪がまっすぐに降っているのがぼんやりした視界に映る。

「前野さん——」

「ん？」

「――今日、泊まっていってもいいですか」

尋ねたぼくを、それこそ豆鉄砲《まめでっぽう》を食らった鳩《はと》のような表情で見返した。

吹雪のせいにしようかと思ったけれど、本音をぶつけようと決めたんだから、言い訳なしで本心を伝えた。

「離れたくないんです――ずっとそばにいたいんです」

連続で豆鉄砲攻撃を受けたらしい前野さんは、いきなりがっとぼくに毛布を頭までかぶせた。だけど見てしまった。耳まで赤い横顔。

「バカ」

毛布越し、くぐもった声は相当照れてる。ぼくも今さらだけど恥ずかしい。きっと真っ赤になってるに違いない顔をこうして隠せていられるのはラッキーだったかもしれない。

でも見たい、前野さんの顔が。見せたい、ぼくの顔を。

自分でも信じられない、初めての感情。未知の世界に足を踏み入れるような。

――ああ、もしかしたら。今、ぼくはジャングルから完全に出て来たのかもしれない。なんだかそんな気がした。そして前野さんと、やっと本当の恋人同士になれた気もする。

出口でずっと待っててくれた前野さんと、これからはふたりで知らない場所を歩いてみよう。前野さんとなら――このひととなら、どんな所でも、どんな時でもきっと大丈夫だ。

毛布をそっとはぐって顔を覗き見た。

明るい世界には悠然としたいつもの顔。それにほんの少し、今は照れたような色を滲ませて。

毛布を落としてじっとみつめていたらキスが降《ふ》ってきた。瞼に、こめかみに、頬に、そして唇に。

嫌じゃない。むしろ——もっと求めたくなる。もっと前野さんの唇が欲しくて、もっとぼくにくちづけていてほしくて。前野さんの背中に腕をまわした。

愛してるってことを表現することはこんな簡単なことだったんだ。どんな言葉や説明よりも、もっとたやすく思いが伝わる方法があるんだ。これで何もかもが——お互いの思いが浸透する気がした。触れ合う部分で。そしてこれが一番の方法だと思った。言葉だけじゃ届けられない思いを、瞳だけじゃ伝えられない思いをわかりあうために。

「大丈夫」

前野さんがそっと耳元にくちづけ、ささやいた。

「みっともなくてもいい、情けなくてもいい。おれは笑ったりしないから。そんな作原を愛しいと思っても嫌いになったりなんてしないから。作原だってそうだろ？　おれが情けなかったら嫌いになる？」

目を閉じたまま、首を横に振った。

「——だからさ、心配なんてしなくていい。作原以外の誰かなんて考えられないし、大体お

れはそんなすごい奴なんかじゃない」

前野さんが言いたいことはよくわかった。だからちいさくうなずいて染《し》み渡るようなキスをした。

前野さんの唇は優しかった。ぼくを怖がらせないように細心の注意を払ってくれているのが伝わってくる、丁寧で慎重な動き。それが嬉しくて、でも――。

「……もっと」

唇をそっと離し、呟いた。

「もっと荒っぽくしてくれていいです。……っていうか、してほしい」

自分で口にしたくせに、発した言葉の妙ないかがわしさに赤面しそうになった。――何を言ってるんだ、ぼくは。

ただ、もっと強く前野さんを感じたかった。今はおだやかさよりも荒々しさが欲しい。

こんな気分になったのも初めてで戸惑った。けれど自分の気持ちを隠さずに正直に伝えたほうがいいこともあるって知ったから。そしてそんな欲求を打ち明けても、前野さんはぼくを嫌わずにいてくれる、その確信を持てたから。

「――本当に作原は……」

一瞬呆然とぼくを見て、それから前野さんが困ったみたいに呻《うめ》いた。

「え、す、すみません」

やっぱり失敗だっただろうか――いくらなんでも調子に乗りすぎた？　慌てていたら、きつく抱き締められた。それから前野さんが深く息をついた。

「いきなりおれの予想外のこと、したり言ったりしてくれるよなあ」

「え？」

きょとんとして、間近にある前野さんの顔を見返した。前野さんはおだやかなまなざしをぼくに向けていた。

「臆病かと思えばそうじゃなかったり――、ホント一緒にいて楽しいよ」

……ぼくといて楽しいなんて、お世辞だとしても前野さんくらいしか言わないと思う。そんな気持ちを読んだのか、前野さんはうっすらと目を細めた。

「作原といられて嬉しい。本当に」

低く甘い声が耳元でささやかれた。

「――ぼくもです」

こんなありきたりな同意の言葉しか出せない自分が情けない。それでもそこに嘘はなかった。うん、と前野さんがぼくを抱き締める。

あたたかで力強い腕、優しいうなずき――いつもと同じで、けれどどこかいつもとは違っていた。

その感覚のとおり、前野さんの唇が僕の唇を熱くふさぐ。息苦しさがまるで情熱の証《あか》しみたいで嬉しくなった。この思いを伝えるのにどうしたらいいのかわからなくて、キスに必死に応えた――気持ちばっかり前に行って、行動はイニシアティブを取れないっていうのがみっともないいんだけど。とはいえ経験値ゼロのぼくが所詮《しょせん》前野さんをリードなんて出来るわけがないから、そこは開き直った。抱き合って、こんなに好きなんだって、思ってるんだって、そのことがわかってもらえたらそれでいいんだから。多分大丈夫――前野さんはちゃんと受け止めてくれるはずだ。

キスの合間に、前野さんがぼくのセーターを手早く脱がせ始めた。ぼくも前野さんの服に手をかけた。

「寒くないか？」

心配してくれた前野さんに、平気です、と首を振った。正直暑さも寒さも感じられるような状態じゃなかった。もちろんずっと外にいた体はまだ温まってはいない。でも心はやけに温度が高い。

裸になったのと同時に布団に横たわった。ぼくの上に覆いかぶさった前野さんが、またキスをする。じかに触れる前野さんの体――その熱さと重みが、くすぐったくて生々しくて、鼓動がとてつもなく速く、激しくなった。そのまま大きな手がぼくの体に触れた。

「わっ！」

脇腹を撫で上げられ、同時に裏返った声が上がった。色っぽさのかけらもない悲鳴。聞いた前野さんが顔を伏せて笑った。

「す、すみません」

……雰囲気を作るのは無理にしても、せめてぶち壊さずにいられたらいいのに。我ながら恋愛能力の低さが嫌になる。

「いいよ、気にすんな」

まだ肩を震わせつつ、前野さんが優しく慰めてくれた。

「格好よくしなきゃとか、そんなこと全然ないいんだから。おれの前で取り繕う必要なんかないんだし」

「――だけどあんまりにも慣れてなさすぎですよね」

苦笑いで呟く。いや、と前野さんはからかうようにぼくをみつめた。

「これから嫌でも慣れるから大丈夫」

あっさりと口にした言葉でぼくの心臓を跳びはねさせてから、前野さんはまたキスをくれた。

そのあとはもう何かを喋る余裕はなかった。他愛のない会話で恥ずかしさを紛らわせられるかと思っていたものの、それすら出来そうにない。前野さんの手が、ぼくの体中をせわしなく探っていく。真っ平らな胸、固い背中、――そして今は下腹部、それにその奥のすぼまりを。

「……あっ」

無意識のうちに声がもれた。

他人にそのあたりを触られるのはもちろん初めてで、緊張と同じくらいの快感に体が蕩《とろ》けそうになった。こんな場所を触らせている申し訳なさと恥ずかしさと、いろんなもので心がぐちゃぐちゃになる。

「大丈夫そう？」

前野さんが甘く耳朶を噛んで尋ねてきた。その声はいつもより低く、艶《つや》を含んでいて、それでまたぼくの快感が高められる。前野さんも興奮している――その事実はどんな愛撫《あいぶ》よりも強力にぼくを刺激する気がした。

「何ともないです」

ちいさく息を吸い込んでから答えたら、悪い、と前野さんが苦しそうに呟いた。

「……本当は、最初のときはこれでもかっていうくらい大事にするって決めてた。だけどごめん、それ出来なさそう」

「え？」

戸惑いつつ訊き返す。前野さんは眉間にうっすらと皺を寄せていた。

「まだきついってわかってる。でも入れたくてたまらない。……作原を貪《むさぼ》りたい」

直截《ちょくせつ》な表現に心がわしづかみにされる――決して嫌なものじゃなく、むしろその逆。体の芯がじんと疼《うず》く。これほどまでに前野さんがぼくを欲しがってくれている、その事実がとてつもない快楽を生んだ。

「――貪ってください」

前野さんの背中に腕をまわし、早口でせがんだ。自分が言おうとしているのがどんなに陳腐かわかっていたけれど、思いがあふれ出した。

「前野さんが言ってなかったらぼくが言ったと思う。ぼくも前野さんが欲しい……、早くつながりたい」

そう言い終わったのと同時に、熱い塊がぼくの内側に入り込んできた。

初めて知る痛み、圧迫感。ほかの誰かとだったら絶対に耐えられない行為。それが前野さんとだったら出来る――いや、したい。こんなに恥ずかしくてみっともない姿も見せられる。これが恋の力なのかもしれない。

必然の沈黙――何か喋ったほうがいいんだろうかと思いながら、言葉は出てきそうになかった。でもきつくぼくを抱き締める前野さんの唇からこぼれてくる、かすかな喘《あえ》ぎ、乱れた吐息。そんなひとつひとつに高ぶらされた。夢中で前野さんを抱き締め返す。

やがて前野さんがちいさな呻きを上げてぼくの中で弾け、ぼくも前野さんのてのひらの中に吐き出した。

まだ荒い呼吸のまま、いたわるように前野さんがぼくをぐっと抱き寄せた。

ひどく幸せな、濃厚な疲れ。

――何度でも味わいたいと思いながらぼくは瞼を閉じた。

前野さんが笑う気配がする。

多分ぼくの大好きな、優しい、緑に似た笑顔を浮かべてるんだろう。その瞳はいつだってぼくを見守ってくれている。いとおしんでくれている。

そっと目を開けた。前野さんと目が合う。ちいさなキスを幾度かしてから、ふと流した視線の先にところどころが緑色の板が見えた。

「あれ――」

ぼくの視線を辿ったらしい前野さんが、照れくさそうに切り出した。

「クリスマスツリーのパズル。前に買っておいたんだ」

「ひとりで選んだんですか？」

前野さんがパズルをひとりで買いに行くのは珍しい。自分で作らないからよくわからないと、いつもぼくに決めさせるのに。前野さんがゆっくり口を開く。

「先月の終わりに、作原がクラスの飲み会に行ったときに買ったんだ。作っておいて、作原を驚かせようと思って」

「え」

ひょっとしてあの、電話をかけても前野さんがいなかった日――？　呆然とするぼくを見やり、前野さんは言葉を続けた。

「どれがいいか迷ってたら、林さんにばったり会ってさ。これにしとけって一番でかいの買わされた。そのあとでふたりで飲みに行ったんだけど、ずっと冷やかされっぱなし」

そうだったんだ——今はその答えを素直に聞き入れられたし、正直ほっとした。ずっと胸に刺さっていた棘《とげ》がようやく抜けた気がした。

「やり始めたのはいいけど、結局挫折《ざせつ》してやりかけのまま。本当は見るとつらいから見たくなかったんだけど、作原の好きなものだと思うとなんだか——作原がそこにいるみたいな気がして」

苦笑いで前野さんが教えてくれた。

——わかる。その気持ちは、もしかしたらぼくの前野さんからもらった腕時計に対するものと同じじゃないか？　なんだかおかしくて、幸せだった。

「あとでさせてもらいますね」

頼む、と前野さんが笑った。

だけどいつ取りかかれるかな——前野さんの吐息が肩先にくすぐったく触れる。

なるべくなら早めに仕上げてしまいたいけれど、多分今日は無理だろう。

ジングルベルにのって、五日遅れの聖歌が聞こえてくる気がした。

ジャンピング・ジャングル

彼はひとりで壁の前に立っていた。直立不動のまま、凭《もた》れもせず、身動《みじろ》ぎもしない。数メートル離れて立っているその姿から緊張のオーラがぴんと張ってここまで流れて来る。

「――あの子？」

隣《となり》にいたゼミ仲間の渡辺《わたなべ》に小声で訊《き》いた。

「あ？　前野《まえの》、なに？」

長い学長の話に立ったままでうつらうつらと舟を漕《こ》ぎ出していたらしい渡辺は、半分閉じかけていた目をおれに向けた。

入学式の案内係といっても式が始まってしまえばそう大した仕事はない。ただこうしてぼうっと立って、終わったときにまた誘導《ゆうどう》する、それだけの極《きわ》めて退屈《たいくつ》な仕事だ。今日になっていきなり代理を頼まれたおれがやっても何も支障《ししょう》が起きないほどに。しかも場内は適度に薄暗い。眠くなるのも無理はない。

「今年の新入生代表」

顎《あご》で緊張のオーラの発生源を指《さ》す。ひょいとそちらを見て、渡辺が鷹揚《おうよう》にうなずいた。

「ああ、そう、あいつだよ。かなり出来のいい成績だったらしいぜ」

ふうんと答えて目を向けた。トップ入学といってもガリ勉って感じじゃない。育ちの良い子犬のような雰囲気《ふんいき》で、どちらかといえばおっとりした印象だ。もっとも今は緊張にずいぶん強張《こわば》っているけれど。確かに普通はこうだよな、とおれは内心密《ひそ》かにうなずく。おれたちの代は弘文《ひろふみ》で、あいつはたとえ天変地異《てんぺんちい》があっても眉《まゆ》一つ動かさないタイプの人間だから、緊張の「き」の字もなかったけど。

終わるか終わるかと思いながらなかなか終わらなかった学長の挨拶《あいさつ》がようやく終わった。気怠《けだる》い拍手が場内に起きる。

司会者が抑揚《よくよう》のない響きで進行させてゆく。確か次が――。

「新入生代表、作原光《さくはらあきら》」

ぴくっと一瞬その体が強張ったのが見てとれた。はいと返事をしてステージへ向かって歩いて行くその姿は妙にぎくしゃくしていて、出来の悪いマリオネットのようだった。

後ろ姿を見送りつつ、正直おれは不安になった。大勢の人間を前にしての行動に慣れていないのだろう、ステージへの階段を上る足取りもどこかぎこちなくておぼつかない。

転ぶなよと他人事《ひとごと》ながらやけに気になり見守った。ステージに設《しつら》えられた机の前にどうにか辿《たど》り着いたときはほっとした。

あとは話し出すだけだ。メモか何か用意しているだろうから、万一言葉に詰まったとしても心配はない。

思っていたより落ち着いた、穏《おだ》やかな声で新入生は話し出した。多少の震《ふる》えはあるものの、それはさして気にならないし、初々《ういうい》しいと言って言えないこともない。その内容とたたずまいから生真面目《きまじめ》さがひしひしと伝わってくる新入生としての決意を述べて、締《し》めの言葉の後で、新入生代表、作原光、とはっきり結び、その表情にようやくほっとした色が浮かんだ。上出来だとこちらも安堵《あんど》の息をついて、心の中でエールを送ったその時だった。

ごん、と鈍《にぶ》い音が講堂内に響いた。

拍手の中、深々《ふかぶか》と礼をした拍子《ひょうし》にマイクに思いきり額《ひたい》を打ってしまったのだ。うつむいて、ぎゅっと顔をしかめて片手で額を押さえる。一瞬静まった学生席と父母席に、どっと笑いが巻き起こった。

笑うなよと舌打ちし、大丈夫かとステージ脇へ向かいかけたおれの目は、けれど思いがけない姿を見た。

——きっと萎縮《いしゅく》していたたまれないほどの姿になってしまうと思ったのだ。緊張に羞恥《しゅうち》まで加わって、一種のパニック状態に陥《おちい》ってしまうのではないかと。加えて額はかなり痛いはずだった。

なのに彼は笑いの中、額から手を退《しりぞ》けておもむろに前を向いた。

(——あれ)

意外に感じたおれはその姿から目を離せなくなっていた。

一歩後ろに下がり、それからもう一度、ゆっくりと——今度は何の障害物にもぶつからず、きちんと礼をし直したのだ。

その顔には照れも決まり悪さも何も浮かんでいなかった。毅然《きぜん》とした空気——それはこの数分で彼が初めて見せた、堂々とした表情だった。それに気圧《けお》されている自分に――いや、みとれている自分に気がついた。

多分それは作ったものではないだろうし、彼自身、今の自分がどんな表情をしているか気付いてはいないだろう。

ゆっくりと階段を下り、自分の席へ向かう。その姿から目を離せなかった。まるで吸い寄せられるように。陽射《ひざ》しの中で翔《と》んでいる蝶《ちょう》を見ているような気分で、不思議な感覚が心に湧《わ》いた。

――その姿と作原光という名が、なぜか自分の心に刻《きざ》まれるのを感じていた。

「――それで」

コーヒーを片手におれの話を聞いていた弘文が、おかしそうに口許《くちもと》に笑いをこぼした。講義が終わった後でおれの部屋に寄った弘文に、なんとなくまた作原の話をしていた。

「やっぱり気になってるわけですか、作原くんが」

「――気になってるって言うか」

口ごもってしまったけれど、つまりはそういうことかもしれない。普段は顔を出さなくてもいいかと思っていた代返《だいへん》可能の自然科学概論《がいろん》も、たまたま出席した一度目の講義で作原がいるのを見て毎週出席することに決めたほどだし、弘文にも式のあとからたびたび作原のことを話している。

ひどく印象に残ってしまった。同じ学部でラッキーだった。新学期が始まってから、学内でつい目が彼を探していた。話してみたい。見ていたい。そんな気がして。たった一度姿を見ただけの人物なのに。どういう訳か気になった。

この感情をどう表現していいかわからないし、自分自身でも答えが出せない。――限りなく恋に近い思いだということはわかるけれど。

「いいんじゃないですか、そういうのも」

弘文がそう言ったとき、古いこのアパートの廊下《ろうか》を走る足音が聞こえた。ばん、と勢いよくドアが開いて尚季《なおとし》が姿を見せた。

「腹減ったぁ、何か食わせて！」

犬のように部屋の中に入り、テーブルの前に座りこむ。

「チャーハン！　エビとイカ入ってるやつ。あとホタテも！」

はいはいとうなずいて立ち上がり冷蔵庫を覗《のぞ》く。ちょうど晩飯の時間だ。

「シーフードチャーハンって言ったほうが早いじゃないですか」

「オレは日本人だから日本語使うんだよ」

「それなら『チャーハン』じゃなくて『炒《いた》め飯《めし》』だと思いますが」

「うるせーな！」

ぎゃあぎゃあといつものように始まる弘文と尚季の掛け合いを聞きつつフライパンを火にかけた。――あの子は何が好きかな、そんなことを思いながら。


ゴールデンウイークを目前に控《ひか》えて、大学構内は賑《にぎ》やかなざわめきにあふれていた。天気もここ数日陽気に恵まれている。春眠《しゅんみん》暁《あかつき》を覚《おぼ》えずの格言《かくげん》通りだった午前の講義を終え、ゼミの連中と大学近所の定食屋へ向かおうと外に出て、ふと脇《わき》のグラウンドのそばの木々が立ち並ぶあたりに何《なん》の気《き》なしに目を向けた瞬間足が止まった。――あれは。

「――悪い、先行っててくれ」

どうしたんだよと訝《いぶか》しむ仲間たちと別れて足の向きを変えた。軽く走り出す自分を止められなかった。

五メートル先まで近付いて、歩く速さにスピードを落とした。

――間違いない。作原だ。

グラウンド脇のここは芝生《しばふ》が敷《し》き詰《つ》められ、ベンチや花壇《かだん》があったり樹木が植えられていて、ちょっとした公園のようになっている。おれも気に入っていて、天気のいい日はよくここで昼寝をしたり本を読んだりしている。

あたりはこの陽気に誘われたのか、ちらほらと学生たちが芝生に寝転んだり、ベンチに座って昼食を取ったりして昼休みを過ごしていた。その一角《いっかく》の外《はず》れの一番大きな白樺《しらかば》の木。作原はその豊かに葉をつけた幹《みき》に背をつけて座り、静かに眠っていた。脇に鞄《かばん》を置き、膝《ひざ》には本、その上に眼鏡《めがね》。芝生の上に食べかけのパン。緩《ゆる》やかな風に吹かれてページが揺れる。

少し離れたベンチに腰を下ろした。

その顔は穏やかで安らいでいる——この間の緊張ぶりのまさに対極にあった。木が好きなのかなと思う。その安穏《あんのん》とした表情は究極《きゅうきょく》にくつろいでいたから。

目を閉じているのをいいことにじっと眺めた。輪郭《りんかく》は華奢《きゃしゃ》だけれど、しっかりしている。鼻もわりと高めで唇は厚くもなく薄くもなく、ちょうどいい具合にふっくらしている。派手さはないものの整《ととの》った顔立ちだ。

——なんとなく、見ているこちらも穏やかな気持ちになってくる。心にも春の陽射しが差し込んで来るような、日だまりみたいな空気。そんなものを作原が持っているような気がして。

——考えてみたら変な話だ。一度も話したことのない相手にこんな思いを抱《いだ》いているなんて。実際はまるで違う性格なのかもしれないし、木なんか好きじゃないのかもしれない。けれどなぜか直感でおれは作原に関してはこの勘《かん》は外れていないような気がしていた。しかもかなりの強気さで。

どれくらいそうしていただろう。ふ、と作原が目を開いた。見ている気配《けはい》を気付かれないようにさりげなく視線を逸《そ》らして目の端で見る。瞼《まぶた》を子供のような手つきでごしごしこすって、それから寝ぼけ顔で眼鏡に手をやり、顔にかけた。気持ちよさそうに両手を上げて伸びをする。そのまま腕時計に目をやって——いきなり慌《あわ》てたように荷物をまとめた。おれも釣《つ》られて時計を見ると、午後の講義が始まる寸前《すんぜん》になっていた。おれは次は空《あ》き時間だから気にしてなかったけど、火曜のこの時間は一年は確か必修の法学が入っていた。時計を気にしていてやればよかったなと思うおれになど当然目も向けずに、作原はパンと本をせわしなく鞄に詰め込み終えて立ち上がった——けれどそのとき。

「わ」

ちいさく作原が声を上げた。さりげなく、を忘れてぱっと目を向ける。どうやらセーターの背中が白樺の幹に引っ掛かってしまったらしかった。白樺という木は確かに綺麗《きれい》だけれど、樹皮《じゅひ》がはがれやすいのが難点で、気を付けていないと引っ掛けてしまって擦《す》り傷を作ったり洋服に絡《から》んだりする。

急いでいるはずなのに、作原は外すのに手間取っていた。手伝おうかと立ち上がってよく見たときだった。

——本当ならなんてことはない、多少のセーターのほつれさえ気にしないなら、幹からざっと樹皮を引いて剝《は》がしてしまえばすぐ取れる。

けれど作原は、セーターをほつれさせて丁寧《ていねい》に樹皮をはがしていたのだ。——恐らく幹が傷まないように。

ようやく自由になって、作原は数歩走って足を止め、くるっと回って置きざりの鞄を取って今度は猛ダッシュで走って行った。

このわずかな間の出来事を呆然《ぼうぜん》と見ていたおれは、またベンチに腰を下ろして深く息を吐き、目を閉じた。

——完敗だ。

すっかりやられてしまった、作原に。

……恋だな、これは。

くしゃっと髪を摑《つか》んで笑う。

あの行動は誰にでもできるものじゃないから。あれで作原光という人間がはっきり見えた。おれの勘は間違いじゃなかった。一度も話したことはなくても惹《ひ》かれるにはこれで充分だった。

どこか晴れがましい気分で、おれは作原が大切に守った白樺が吐き出した酸素を深く吸い込んだ。

ゴールデンウイーク明けの大学はどこか疲れと気怠《けだる》さが残っていたものの、おれは至《いた》って元気なものだった。休みの間は顔を見ることはないけれど、講義が始まればあの生真面目《きまじめ》そうな性格だ、間違いなくサボることなく出て来るはずだ。作原に釣られておれもちゃんと講義に出ていた。

「うわ、めずらしいな、午後一コマしかない日に前野が出てくるなんて」

「しかも休み明け」

構内で擦れ違う友達に冗談半分、本気半分の驚いた顔で声をかけられる。うるさいと顔をしかめて笑って返す。確かに自分でも現金だと思う。中学生の女の子とレベル的には変わらない。恥ずかしくてちょっとひとには言えないよな、と夕方ラメ研の連中とする約束になっているテニス用のジャージが入った袋を抱え直し、ロッカー室に向かった。

どうやって話しかけよう——それが最大の問題だった。おれと作原には接点がない。年が逆なら試験前を狙《ねら》ってノートを貸してほしいだとか声をかけられても、おれのほうが年上じゃそうもいかない。気になってるんだけど、なんていきなり言ってもあのタイプだ、間違いなく警戒される。

そんなことを考えながら歩いていた時だった。馴染《なじ》みになりつつある、ロッカーを開ける作原の背中をおれの目が捕らえた。

休み明け早々《そうそう》見られるなんてついてる。人待ち顔でその場に足を止めて、さらりと視線を流した。

時間が経《た》つにつれ、その顔に焦《あせ》りが滲《にじ》んで行くのがわかった。隣のロッカーの奴といくらか言葉を交わし、そいつが彼女連れで立ち去ってからもロッカーや鞄《かばん》の中を探《さぐ》っている。その友達の手にしていた袋を見て、もしかして、と思い当たった。確か一年の次の講義は津田《つだ》教授の体育だ。本当はさほどうるさい教授じゃないのに、その厳《いかめ》しげな風貌《ふうぼう》からひどく手厳《てきび》しい人間だと思われている。ジャージを忘れたら不可だという噂が代々《だいだい》まことしやかに流れているものの、はっきり言ってそれはデマだ。何と言ってもおれがジャージを忘れた経験者で――だけど評価はAをくれてる。要はこれの他にもいくつかある、上の人間が下の連中をからかうためのガセネタだ。それでも何も知らない一年はその評判を信じるものだし、ことに作原のようなタイプにとってはまさに恐怖の存在だろう。

多分作原が探しているのはジャージ。

作原にとってはこの上ない不幸だろうけど、おれにとっては大がつくほど幸運だ。やっとチャンスが手に入った。これをみすみす逃《のが》すほど馬鹿じゃない。

ゆっくりと歩き出す。近くまで寄って、まだ探しているのを背中で確認して。

「ほら」

そう声を出してぽんと袋を放り上げた。

ぱっと作原が振り返り、わッと小声で叫んで袋をどうにか顔と腕で受け止めた。

「忘れたんだろ、ジャージ」

言うと怖々《こわごわ》顔を見せた。ポカンとした表情でおれを見上げている。大きく見開いた目がこの状況に対する混乱具合を物語《ものがた》っていた。

――その表情があまりにも無垢《むく》で、子供のように純粋で。

「ジャージ、いるんだろ？」

はあ、と言った風情《ふぜい》で作原は呆然とおれを見た。

「貸すよ」

そう言い、頭を撫《な》でたい気持ちを抑《おさ》えて歩き出した。これで講義のときにでも話しかけるチャンスができる。他人の不幸をこんなふうに利用して、自分の好意も手段にするなんて初めてだった。そのことに罪《つみ》の意識をまるで感じないのも。

「――すいませんっ！」

声の主《ぬし》は作原だった。慌てた様子で駆け寄って来て、渡したばかりの袋を突き出してきた。

「わ、悪いです、こんな！」

嫌がっているわけではなくて、見ず知らずの人間の親切が気持ち悪いのでもなくて、多分おれが使うんだと思って受け取れないと思っているのだろう。その必死の顔が可愛くて、ついからかった。

「洗濯《せんたく》したばっかりだから綺麗だよ」

「いえ、そういうことじゃなくて」

思った通り。冗談にして受け取ることがない。悪いと思いながら笑ってしまった。――本当に可愛い。強引に、ぐっと袋を押し戻す。

「いいの、おれ今日使わないから。困ったときはお互いさまだろ」

そう伝えるとようやくその目から強張っていた力が抜けた。テニスの前に一《ひと》っ走《ぱし》りして家まで戻って別のジャージを取って来よう。それくらい軽い準備運動だ。

「ほ、ほんとに……いいんですか？」

それにうなずいた。作原が袋を抱えたまま、じっとおれをみつめている。それは純粋な感謝と感動のまなざしにみえた。

「気にしなくていいから」

疚《やま》しさと嬉しさをごまかすように咳払《せきばら》いしてそう告げる。作原はうなずいて、それからどう返せばいいか尋ねてきた。いつでもいいと答えたおれにすぐ返しますと真剣に言う。それを聞きながら、おれの口は咄嗟《とっさ》におれにベストの答えを吐き出していた。

「じゃあ、暇なときにうちに来てくれる？　大学から歩いて十五分くらいなんだけど」

呑気《のんき》にそう誘いつつ、内心はひどく緊張していた。これは一種の冒険だ。なにも家まで来させなくても学内で充分会えるのにと不審《ふしん》に思ったら、作原はやんわり拒絶するだろう。けれど作原はすぐにおれの言葉にうなずき、家までの道順を尋ねてきた。

こんな上手《うま》くいっていいのか？　人生最大のツキかもしれない。――それならそれをあますことなく使いたい。

「一人暮らしだから気軽においで」

何時に行ったら家族の迷惑にならないかだのと細かいことに気を遣《つか》いそうな性格だからそう言いおいて、じゃあと歩き出した。

背に向けられる視線。感じて少しくすぐったい。ちょうど角を曲がるところでひょいと見た時計は、次の講義まであと一分を指していた。おれは遅れて入るのは慣れたものでも作原はそうじゃないだろう――この前の様子を見ていても。

「――遅れるよ」

ジャージを抱えておれを見送っていた作原に、軽く腕を上げて時計を指す。はっと我に返ったようで、ぺこんと頭を下げてダッシュで体育館へ走って行った。

今度は逆におれがそのちいさくなってゆく後ろ姿を見送った。

込み上げてくるのは嬉しさ。この上なくだらしなくにやけそうになる頬《ほお》を軽く叩き、歩き出す。とりあえず外へ――あの作原を見かけた木の下へ行ってみよう。

作原はいつ来るだろう。あの性格だから、明日には来るかもしれない。これをきっかけにしてこれからも付き合っていけるだろうか。まずは上手くラメ研に誘い入れないと――。

そんなことをひとりで考えている自分に気付いて笑いが漏《も》れた。作原に恋人がいるかもしれないのに。

それでも不思議と負ける気がしなかった。たとえ今誰かいたとしても、時間はかかっても必ずおれのほうを向かせてみせる——自信家なわけじゃないけれど、なぜだかそう思えた。それくらい、ふたりのつながりは運命のような気がした。

外へ出た。さわやかな風を全身で受ける。緑の匂いが風に混ざっているのが感じられた。とりあえず信じる気持ちが大切だ。そう自分に言い聞かせておれは深く息を吸い込んだ。

とにかくこれが大きな一歩であることは間違いない。だから。

これがおれたちの始まりになる。してみせる。

——絶対に。

トラップ・ジャングル

イライラする。

金曜の夕方、ラッシュにぶつかった国道はひどい混《こ》みようだった。市街地から郊外へ向かう車は切れ目なしに続いている。やっぱり講義をサボって昼から出てくれば良かった。

交通量の多さに加えてこの雪だ。三月に入ったんだから少しは控《ひか》えめに降れよな。道の両側に積まれた雪のお陰《かげ》で道路が狭くなっていて、だから余計に流れが悪い。

おまけに路面は凍結《とうけつ》してつるつるのスケートリンク状態で、歩いていても怖いぐらいだから当然運転もみんな慎重《しんちょう》だ。ようやく動き始めたと思ったら信号に引っかかって、ぴかぴかに磨き上げられた弘文《ひろふみ》の車も、少し進んだくらいで停止した。

ああ、まったくもう。イライラがますます増えてくじゃんかよ。

基本的にオレは渋滞が我慢《がまん》できない性格だ。でも今の苛立《いらだ》ちの原因は実はそればかりにあるわけじゃなかった。

「——尚季」

眉《まゆ》を寄せ、無意識に舌打ちをしたオレに、運転席からのんびりした低い声が流れてきた。一瞬苛立ちが宥《なだ》められる。薄暗い車内にその深みのある声は妙に似合う——いやいや、そんなこと思ってちゃいけない。

「どうしました、飽《あ》きましたか？」

弘文が薄く微笑《ほほえ》み、オレに目を向けた。

「……いいや」

尖《とが》った声で答えたのは、問いかける声にどこか子供をあやすような響きがあったからだ。渋滞が我慢できなくてイラつくなんてガキだと思ってるんだろう。いつまでも子供扱いされてちゃたまらない。

「全然平気」

深呼吸をして、わざとのったりと答えてやった。そうですかと短く答えた弘文の声は、心なしか笑いが含まれていた。――ちくしょう、なんだよ。

「……こんなに混んでるなら函館《はこだて》でも良かったじゃん。そんなに時間変わんないんじゃないの」

「全然違いますよ」

呆《あき》れたようにオレを見る。そんなこともちろんオレだってわかってる。定山渓《じょうざんけい》は札幌郊外、函館は道南《どうなん》。ただ函館に行きたいって年明け頃から言ってるのに、道が混んでるだの路面の状態が悪いだの言って、なかなかそれを実行しようとしてくれない弘文に対するささやかな嫌《いや》みだ。

「本当にもう」

響く声とは裏腹《うらはら》な柔《やわ》らかな目がオレを包む。――いまだ動悸《どうき》がする。こんなふうに弘文に見られると。なんて言うか――射竦《いすく》められる。鋭《するど》い矢じゃなくて、柔らかい力で。包み込まれて動けない――。

ゆっくりと顔が近付いて来る。まさかこんなところで、と思うけれど何故《なぜ》か体が動かない。一種の金縛《かなしば》り状態だ。

弘文の顔が身を強張《こわば》らせたオレの顔と重なろうとした、そのときだった。

「あ」

ちいさく声を上げた弘文に釣《つ》られるように目を開けた。信号が青に変わっていた。弘文は何事もなかったように平然と車を発進させた。取り残されたのはそのままの格好でいたオレだ。――まるきりキスを待ってたみたいじゃないか――！　恥ずかしさが一気《いっき》に湧《わ》き上がる。

「……どうしました？」

しばらくしてからからかいを滲《にじ》ませたまなざしで弘文がオレを見やった。

「別に」

助手席の窓から暗い外を見たまきっぱり言い切った。弘文が喉《のど》の奥でちいさく笑う。

「――どうして欲しいの？」

くすぐるような声で問われて言葉に詰まった。絶対にさっき以上に赤くなっている顔を見られたくなくて、顔を背《そむ》けたまま何度も髪をかき上げた。弘文は何も言わずに笑った。いつものように。

そんな態度もまた気に食わなくて、怒りのボルテージが上がっていく。もうちょっとフォローってもんがあってもいいんじゃないのか、一応恋人なんだろうが。……って言ってもどうせ別れる寸前だけど。

けっ、と毒づく視線で睨《にら》んでやって、不貞寝《ふてね》を決め込み目を閉じた。

「別れる！」

そう宣言したのは先週末だ。晩飯《ばんめし》のあとで蜜柑《みかん》を食べつつ、きっぱりとそう言い切ったオレを見て、言われた当の本人はキョトンとした顔をして、それからどっと笑い出した。

「信じてねえな？　本気だぞオレは！」

ダンとテーブルを叩いて向かいに座る部屋の主《ぬし》を睨みつけた。どうにかと言った体《てい》で笑いをおさめ、弘文はおもむろに顔をあげてオレを見た。

「全然信じてません」

ここ最近でこれがもう何度目になるかわからない宣言だからだろう。でもそうあっさり言われてしまうとこっちの立場ってものがない。まなじりを吊《つ》り上げてオレは弘文に啖呵《たんか》を切った。

「信じようと信じまいと本気だ！」

「狼《おおかみ》少年の絵本でも買ってあげましょうか？」

弘文がおっとり口にする。

「とにかく別れるんだよっ」

「理由は？」

余裕ありげな表情で正面から見返されて言葉に詰まる。こういった切り返しをしてくるときの弘文はまったく隙《すき》がない。こっちが理路《りろ》整然と説明したつもりでもちょっとした盲点《もうてん》をつついて攻めて来る。医者より検事のほうが向いてそうな気がするほどに。そしてこっちが詰まるとここぞとばかりに切り崩《くず》しにかかってくるわけだ。それもあくまで余裕綽々《しゃくしゃく》の表情で。追い詰められるほうは焦《あせ》るわ腹が立つわで苦しいことこの上ない。だからこういうふうに弘文が言ってくるときは、とりあえず逃げておくのが一番だ。それがこれまでの弘文との十五年の付き合いで得た方法。悔《くや》しくても口で弘文に勝てたためしはないのだ。——本当は言ってやりたいことはあるんだけど。それをどう言葉にしてぶつけたらいいかがわからない。

長い指で丁寧に蜜柑の皮を剝《む》きながら、そんなオレの葛藤《かっとう》なんておかまいなしに弘文は呑《のん》気《き》な調子で口を開いた。

「別れてどうします？　倫紀《とものり》のところへでも行きますか？」

言外《げんがい》に『倫紀には作原《さくはら》くんがいますけど』って当てこすりが含まれていて、オレはきつく片眉《かたまゆ》を上げた。それは紛《まぎ》れもない事実だから。どうせオレは極度《きょくど》のブラコンだよ、本当は倫紀に恋人が出来たなんて認めたくないよ。だけど仕方がないじゃないか——受け入れなきゃいけないことも世の中にはあるんだから。もちろん素直に許せるかどうかは別だけど。

「あんたは女のところへでも行くわけ？」

そんな悔しさも込めて、皮肉たっぷりに言ってやった。なのに弘文はそうですね、とさらりと躱《かわ》して丁度《ちょうど》かかってきた電話を取った。……いて。自分でしかけておいてなんだけど、今の言葉も反応もかなり痛かった。胸のあたりがきりきり痛む。

そもそもオレが別れるなんて言い出したのは、弘文の女癖《おんなぐせ》の悪さが原因だった。昔から弘文はとことん女遊びの限りを尽くしていた。中学時代、弘文を巡《めぐ》って校内二大アイドルと称《しょう》された美人が密《ひそ》かに泥沼《どろぬま》の争いを繰《く》り広げ、その間弘文本人は困りましたねと涼《すず》しげな顔で傍観《ぼうかん》を決め込み、ちゃっかり家庭教師の女子大生と付き合っていた。大学に入る頃からは、二ケ月か三ケ月おきでそばにいる女が違ってた。それもみんな美人ばかり。

確かに贔屓目《ひいきめ》抜きに弘文は格好いいと思う。物腰はやわらかいし、顔はすっきり整ってるし、背だって高くてバランスがいい。高校時代バンドを組みながら現役で、それもトップで医学部に合格するくらい頭もいいし、家は地元じゃ有名な大病院だ。これでもてるなというほうが確かに無理だ。

そんな弘文の女関係にオレが今まで一度も口を挟《はさ》まなかったかと言うとそうでもない。

オレが高三の夏——休みで帰省していた倫紀と弘文と三人で富良野《ふらの》に行った。そこでばったり弘文と関係があったらしい人物と会った。何故か——それまでも弘文が女と一緒にいるところなんて何度も見ていたのに、その時ひどく腹が立った——って言うより、寂《さび》しくなった。ふたりの間にオレには入り込めない世界があるような気がして。かっとしてふたりの間を引き裂《さ》くように割り込んだ。そしたら弘文が珍しく本気で怒って——オレたちは喧嘩《けんか》になった。

それは過去何度となく喧嘩をしているオレたちの歴史の中でも最悪のものだった。弘文は怒ると怖い。普段静かで穏やかな分、余計に。怒りをぶつけて来るならまだいい。こっちもやり返せる。でも弘文はそういうとき、徹底的にオレを無視する方法をとる。あれは本当にきつい。自分がそこにいるのにいないように見なされて——一切《いっさい》を否定されているような気分になって。

小さい頃から一緒にいすぎて、どこからが自分でどこからが相手の領域かがわからなくなってたから。オレが、多分初めて弘文を他者として意識したきっかけがそれだと思う——弘文には弘文だけの、オレには入り込めない領域があると。

結局その時は弘文が折れてくれて和解したものの、それは充分オレのトラウマになって、もう今後一切弘文の女関係に口出しするのは止《や》めようと心に誓《ちか》った。

それからは弘文がどんな女と付き合っていても、どれだけ激しく遊んでいようと一切口を挟んだことはない。そしてオレたちの関係が変わった今でも、それは変わらない。弘文に女のことは訊《き》けなかった。――どんなに胸の中で燻《くすぶ》ってることがあっても。

確かに恋人同士になったんだから、今までとは違って口出しする権利はあるのかもしれないけど――でもそれを振り翳《かざ》すのも何だかみっともなくて嫌だった。恋人からもらったプレゼントをプライバシーに立ち入る許可証のようにデートのたびに身に着《つ》けている女みたいで。

「――はい、……ああ、そうですか」

ちらりと目を向けた先の弘文は淡々《たんたん》と電話の向こうの相手と話している。電話の相手はおばさんらしかった。正月に帰った時に会ったけど相変わらず美人だった。いつもにこにこしてて優しい。親父さんの中西《なかにし》先生だって温厚《おんこう》だし、そのふたりからどうしてこんな性格の悪い息子が生まれたんだか本当に不思議だ。

「わかりました――はい、それじゃ」

ピッと電子音がして電話が切れて、オレは見ているふりだけをしていた雑誌から目を上げて、蜜柑を一房《ひとふさ》口に放り込んだ。

「――今度の週末、金曜から日曜まで暇ですか」

突然問われて首を傾《かし》げた。

「母の誕生日なので、僕が定山渓の温泉旅行をプレゼントしたんですが、急にその日、父の恩師が高知《こうち》から見えることになったそうで。母もひとりで帯広《おびひろ》から出て来るのも気が進まないらしくて、代わりに僕に誰かと行って来ないかと言うんですが――どうですか」

「行く！」

魚に飛び付く猫《ねこ》のように即座《そくざ》に答えてからはっとした。

「あ——」

「どうしました？」

「……いや——何でも」

もぞもぞと口ごもる。躊躇《ちゅうちょ》してしまったのはふと思い出したからだ。以前に弘文とした約束を。

実はオレたちはまだ寝ていない。お互いの気持ちが通じあってからもう二ケ月ちょっとが過ぎている。別にいつ寝ようが、早いも遅いもないと思うけれど、もう寝ても悪い時期ではないと思う。特に相手があの弘文なんだし。

当然——と言ってしまうのも何だけど、そういう雰囲気になったことはある。去年の暮れ、ライブのあとでお互いの気持ちを伝えあったとき。そのとき、オレは咄嗟《とっさ》に拒《こば》んだ。不思議そうにオレを見た弘文に、やっぱり初めての時はどこか非日常の場所がいいとごまかした。夢見がちな女みたいな言い訳に弘文は一瞬面食らったような顔をして、それから爆笑し、わかりましたとすんなり体を離した。

——だから。結局今度ふたりでどこかへ行くことがあったら、それはつまり——そういうことで。慌てる内心を知られないように必死に隠す。どこか意識の下にあったはずなのに、あっさり飛び付いてしまった自分の浅はかさが嫌になる。

別に嫌なわけじゃない。オレだってそういうことに興味のある年代と身体構造の真《ま》っただ中《なか》だ。弘文と寝るってことはつまり男と寝るってことだけど、好きになったのが男だなんてことは初めからわかっていたから今さらそれに抵抗はない。オレが抱かれるってことに不満があるわけでもない。オレが弘文を抱くってことはさすがに考えられないし。

ただ問題はふたつあって——そのひとつがオレにとって唯一《ゆいいつ》の切り札《きふだ》を失《な》くしてしまうということだった。

今オレが嫌だって言ったら弘文は手を出さないでいてくれる。弘文は意図的にじゃない限り、基本的に相手の嫌がることは絶対しないし無理強《じ》いもしない。こうして泊まって行っても極《きわ》めて紳士的で、手出しはしない。オレがOKしてないから、キス程度で止めてくれてる。だからとりあえずこの件に関しては決定権はオレにある。弘文と付き合っている上で、それだけは日頃子供扱いされているオレが優位に立ててる。それがもし寝ちまったら——そしたらそのただひとつの切り札が失くなってしまう。それはちょっと悔しい。

「どうします？　嫌ならキャンセルしますが——」

多分弘文もオレのそんな心理には気付いてる。

「——いや、行く」

そう答えてしまったのはせめてものプライド。全然そんなこと気にしてなんかないってふうにみせたくて。弘文は微笑んでオレを見た。

「そうですか。じゃ、きみが別れるなんてもう言う気にならないように、ここは温泉で愛を深めましょう」

そう冗談めかして言った弘文の目は、けれどどこか笑っていなかった。その弘文を強引にバスルームに押し込めた。

——とうとうここまでかと内心でため息をつく。弘文が何を言おうとしているのかわからないほど鈍《にぶ》くもないし、子供でもない。やっぱり覚えてるんだろうな、ここじゃ嫌だって言ったこと。出任せが巡《めぐ》り巡って結局自分の首を締《し》める羽目《はめ》になってしまった。

本当に弘文と寝ること自体に抵抗はない。ただ——。

ぼんやりしていたら、それを中断させるように電話が鳴った。

「弘文、どうする?」

「——すみません、聞いておいてください」

水音に混じって声が返って来る。おばさんからかな、やっぱり私たち行けることになったの、なんてことならいいのにと内心ちょっと期待しながら受話器を取ったオレの耳に飛び込んで来たのは、まったく予想外れの声だった。

『夜分《やぶん》恐れ入ります、弘文さんはいらっしゃいますでしょうか——?』

その瞬間、受話器を置いていた。

「誰からでした？」

しばらくしてシャワーから出てきた弘文には間違い電話だと返しておいた。

――心臓が馬鹿みたいに高鳴《たかな》っていた。

間違いない。またあの女だ。

弘文は車のローンの返済資金を稼《かせ》ぐのにバイトに出ていることが多いから、オレが夜、ひとりでこの部屋にいることも割とある。

一月の半ばに最初の電話はかかってきた。二度目はその三日後、三度目は一週間後――たぶん同じ女の声だった。その数日後、またかかってきたときに名を問い返すと、村上《むらかみ》です、と答えて電話は切れた。そして今日のこれが五度目だ。

――確証《かくしょう》を得たような気がした。かなり痛い――胸のあたり。

これが弘文と寝ることをためらっているもうひとつの――そして一番の原因。――この女の存在が気になってる。――この女が、というのもちょっと違うか。要するにこの女に限らず、弘文に誰か女がいるんじゃないかと疑っているのだ。

これは今になって思ったことじゃない。付き合い出したときからずっと思っていたこと。

――あれだけ散々《さんざん》女遊びをしてきた男が、いきなりそれを断《た》ち切れるんだろうか？

これでまだ、無理やりにでもオレを抱こうとするなら逆に安心できたかもしれない。だけどあくまでそういったことはなくて――それを望んでいたはずなのに、それが皮肉なことに不安の種《たね》になった。それを解消する相手がいるんじゃないかと。

オレに対する弘文の気持ちを信じていないわけじゃない。好きだっていう気持ちは本当だろう。――でも、それがオレだけに向けられる感情かと言えばそれはわからない。もともと博愛《はくあい》主義なところがある人間だし、あれだけもてるんだから相手には事欠《ことか》かないはずだ。弘文は二十一の男で、そういう欲望があって不思議じゃないし、特に今までの生活が生活だから、我慢する、なんて状況に陥《おちい》ったことはまずないはずだ。

だから待ったをかけているのはオレに出来る唯一の意地悪で、けれどそれは同時に諸刃《もろは》の剣《つるぎ》にもなっていた。オレが拒《こば》めば、その捌《は》け口を誰か別の人間に求めないとも言い切れない。そしてその浮気がいつ本気にならないとも限らないのだ。

おまけに弘文は飽きっぽい。今まで弘文がひとりの相手と続いている期間は平均二ケ月、長くて三ケ月だ。オレたちが付き合い始めてから二ケ月半程度。いつもの弘文のサイクルで行けば、そろそろ次の相手に移る時期――。

そう感じて背筋《せすじ》に走った震えをぶるっと払う。

訊けばいいのかもしれない。そうしたら弘文はきっとオレの安心する答えをくれるだろう――真実はどうであれ。だけどそれじゃだめなんだ。自分で納得できる答えを、自分でみつけなければ意味がない。自分の心で信じられなければ言葉は何の価値もなかった。――信じられるその根拠《こんきょ》を。

尋ねてそれをそのまま信じて安心できることならどんなに楽かと思う。それに何より怖かった。もしイエスと答えられたら——？　そう思うとどんなに喉元《のどもと》まで出かかってもするりと胸の中に戻ってしまう。ああそうだよ。——好きなんだ、弘文のことが。……本当に、すごく。どうしようもないほど。

それならどうしてしょっちゅう別れるなんて騒いでるのかって言えば、もし弘文が気持ちが変わったならそのほうが多分言い易《やす》いだろうし、オレも聞き入れやすいから。その予防線を自分で張っておくなんて、ほとほと情けないし、自分でもバカみたいだと思うけど。

こんな不安を抱えたまま寝るなんて出来ない。

意地を張っててもオレは弘文のことがとてつもなく好きで。もう少し素直になれたらいいのかもしれないけど、それは無理だ。オレに素直になれなんて、砂場からコンタクトレンズを探し出せって言うほうがまだ成功率が高い。

こんな状況を作ったのは自分のくせに、なのに余計自分で自分を袋小路《ふくろこうじ》に追い詰めている。未開の土地を地図もコンパスもなしに歩いているようなこの気持ちの脱出口がどこにあるのか、オレにはまったく見当がつかなかった——。

「うわ、……すげぇ」

思わず感嘆《かんたん》の声が漏れる。ホテルに着いて案内された部屋は最上階の特別室だった。純和風の十四畳と八畳の二間続きで、当然ながらオレの部屋より余程広い。家具や調度品も高級そうだ。欄間《らんま》なんかすごい細かい細工がされているし、床《とこ》の間《ま》に飾られた一輪挿《いちりんざ》しの椿《つばき》が妙にしっくり馴染《なじ》んでる。大きな窓の向こうはもう暗くて何も見えないけれど、晴れてたら渓谷《けいこく》が見渡せていい景色が広がるんだろう。部屋の外も温泉にありがちな騒がしさがなくて静かで、ひとの歩く気配も感じられない。

こういうところに泊まるのはオレは生まれて初めてだ。弘文にしたって家族と出ているときは知らないけど、オレたちと出歩いているときはごく普通の客室だ。なのになぜか違和感なくこの高級感あふれる部屋に馴染んでる。——嫌な奴。

「気に入ってもらえましたか？」

部屋のあちこちを見てまわるオレに、弘文が窓辺でカーテンを引きながら柔らかな声をかけてくる。うんと大きくうなずきかけて、はたと気付いて首の動きを止めた。そうだ、感激しまくって忘れてたけど、まだ冷戦状態でいることには変わりはない。まあまあだな、と素《そ》っ気《け》なく呟《つぶや》いて座り、さっき仲居《なかい》さんが淹《い》れていってくれた煎茶《せんちゃ》を飲む。そんなオレをおかしそうに見て、それからゆっくりと弘文が近付いて来る。

「なぁに拗《す》ねてるんですか、ん——？」

胡座《あぐら》をかいて隣に座り、長い指先がオレの髪を梳《す》くように撫《な》でる。すっかり子供扱いだ。

これも頭に来る一因《いちいん》なんだよ——それをちょっと嬉しく思っちまう自分に一番腹が立つんだけど。

「……拗ねてない」

「そうですか」

弘文が答えてちいさく笑い、悪戯《いたずら》な目を向けてくる。

「——さっきキスして欲しかった？」

喉に流したばかりのお茶が見事に気管《きかん》に入った。

「ば……ッ！」

背中をさすられて噎《む》せ込みつつ睨み付ける。弘文は涼しげに微笑んだ。何てこと言うんだよ。——図星《ずぼし》なのがばれなきゃいいと痛切に願った。

とりあえず話題を変えなきゃ——どうにか咳《せき》が治《おさ》まってからオレはそんな空気を振りきるように口を開いた。

「でもホントに良かったのか？」

「何がです？」

「この部屋——高いんだろ？」

ここの料金はいらないと初めからきっぱり弘文に言い渡されてしまっていた。僕が誘ったんですからなんて言われても、はいそうですかって甘えられる金額じゃないことはこの部屋にいればいくらオレでもわかる。まさかこんなすごいところだとは思ってなかったのに。

「ここキャンセルして普通の部屋にしてくれて良かったんだぞ」

「いいんですよ」

弘文がにっこり微笑んだ。

「子供が廊下《ろうか》を走り回っているのが聞こえるような部屋じゃ集中できないでしょう？」

思わず絶句した。何に、とは口が裂《さ》けても訊きたくない。そんなオレをおかしそうに弘文が見る。その目はあの、吸い込まれそうな光を帯《お》びている。

――だめだ。この波に飲まれてたまるかと力を込めて立ち上がり、再びオレは部屋の探検を始めた。背を向けた隙《すき》にどうにか赤くほてった頬《ほお》の色を戻してしまいたい。何か変わったものはないかときょろきょろと部屋を見渡すと、シティホテル並みに揃《そろ》ったオーディオ類が目に止まった。

「あ、ＡＶ。あとで見ようぜ」

プロのおねえちゃんで溜《た》まってるものは解消してくれ――そう思って番組表を片手に作り笑いを浮かべたオレに、弘文はさらりと答えを寄越した。

「僕としてはビデオよりきみを鑑賞したいんですが」

今度こそ本当に言葉に詰まった。――やっぱり本気だ。弘文は。――どうしよう、……もう逃がしてはもらえないのかもしれない。とうとうオレは切り札を失くすのか？

「失礼いたします——お夕飯の支度《したく》、させていただきます」

恭《うやうや》しく頭を下げて着物姿の仲居さんが入って来て、オレの強張りの原因はどうにかそこで一旦《いったん》止まった。

落ち着かない気分はそれでもどうにも抑《おさ》えられなくて、タラバガニやらアワビの姿煮やら石焼きのステーキやら、これでもかと出て来る豪華な料理も、砂を嚙《か》んでいるような気がして全然味はわからなかった。


大浴場の暖簾《のれん》をくぐって足元に目を落とした時、嫌な予感が掠《かす》めた。

どこを見てもスリッパがない。一足も。

「——誰もいないみたいですね」

そう呟く弘文の声がどこか楽しげに聞こえるのはオレの気のせいか？

「お兄さんたち、いいときに来たねぇ」

不意にのんびりした声が後ろから響き、ぎょっとして顔を向けた。

「ちょうど今宴会《えんかい》時間だからね、あと三十分は空《す》いてるよ」

異常はないか点検に回るここの従業員らしい。六十代半《なか》ばの人の好《よ》さそうな顔に悪意はひとつも見当たらない。一方、そうですかと答える弘文の顔に含むものが何もないとは言えなかった。

あれこれ喋《しゃべ》りながらもてきぱき仕事を片付けて、ごゆっくりと笑顔を残して出て行って、オレは思わずその後ろ姿についていきたい気分になった。

「——入らないんですか？」

脱衣籠《だついかご》の前でうろたえて突っ立っていたオレは、その声に反射的に振り向いた。いつの間にか浴衣《ゆかた》を脱いでしまっていた弘文が、先に行ってますと風呂場へ入って行った。

……そうだよな。ガキの頃からオレたちはしょっちゅう一緒にプールやら海やらへ行ってたんだし、温泉だって何度も来てる。はっきり言って弘文の裸なんて今さら見慣れたもんだ。弘文にしても同じこと。だから別に意識することもないんだ。そんなこと、頭ではわかってはいるんだけど——。


オレがとろとろ服を脱いでいる間も、やっぱり誰も入ってこなかった。どうしてこういう展開になるんだろう。いつもは滅多《めった》に貸し切り状態になることなんてないのに。思わず舌打ちが口をつく。

平常心、平常心と自分に言い聞かせて深呼吸をして、湯気《ゆげ》に曇ったガラス戸をがらりと開けた。

広い浴場には当然誰もいなかった——弘文以外。わかっていたことだけど改めてため息がもれた。

弘文は洗い場で髪を洗っていた。そこからいくらか離れた場所で、オレも手早く髪を洗う。さっさと洗ってさっさと上がろう。いくら弘文でもさすがにこんな場所でどうこうしようなんて思ってないだろうけど、用心するに越したことはない。

だけどそうやって手早く済ませたいときに限って、髪が縺《もつ》れたりしてなかなか思う速さで進まない。

バンドも辞《や》めたんだし、切っちまおうかな——。

湯気《ゆげ》で曇った鏡の中の自分の姿をぼんやり見る。こんな頭にしたのはDに入ってからだ。倫紀の後任でヴォーカルになったのはいいけれど、自分の力がちょっと不安で、せめて見てくれだけでもと思って伸ばして染めて、ピアスを開けて。まあそんな心配なんて杞憂《きゆう》だったって、すぐにわかったけど。Dは別に背伸びをする必要のない場所だったんだから。でもやっちまったことはどうにもならなくて、実家の両親以外には好評だったこともあってずっと続けてた。普通に生活する分には派手だよなあ、なんてぼんやり体を洗いつつ思っていると。

「背中、洗いましょうか？」

いきなり声をかけられて驚いて、手からタオルを落としてしまった。床に落ちる寸前、弘文がすっとそれを拾う。

「結構っ」

ばっとその手からタオルを奪い返す。

「……入ってろよ」

タオルにボディソープを足しながら顎《あご》で広い浴槽《よくそう》を指《さ》す。

「入りますよ」

言葉とは裏腹に、オレの隣から動かない。頭の上でクリップでひとつにまとめたオレの髪に軽く触れる。

「……なんだよ」

ごしごし体を洗って弘文を威嚇するように睨《ね》め付けた。見るな触るなそばに寄るな！　あんたは平気でもオレはバカみたいに意識してるんだから。

「髪。洗ったあとでそうやってまとめるのって女の子みたいですね」

言われた瞬間かっときた。女扱いされたことにじゃなく、そういうシチュエーションのときの女の姿を弘文が知っていることに。――今さら何をと思う。わかりきっていたことじゃないか、弘文がどれだけの女とどんな場面を過ごしてきたかなんて。でも。

――切ろう。八つ当たりのようなその決意が心の中で渦巻《うずま》いて、思わずそう口にしていたらしい。

「切るんですか？」

訊いた弘文に無言でうなずいた。その途端、力任せに擦《こす》った腕から石鹸《せっけん》が跳《は》ねた。思いきり顔に飛ぶ。弱り目にたたり目。つまんない考えごとなんてするもんじゃないな、まったく。楽しそうな弘文の笑い声が風呂場に響く。むっとしながら睨みつけてやった。

「――子供の頃と変わりませんね」

弘文の手がさりげない動きで伸びてきて、オレの手からタオルを取る。有無《うむ》を言わせる隙《すき》もないほど滑《なめ》らかに。

「本当に昔からきみは落ち着きがなくて」

心地《ここち》好《よ》い強さで弘文がオレの背を洗う。今《いま》さら抵抗するのも意識しすぎているようで、敢《あ》えてされるがままになることにした。

「……悪かったな」

「誰も悪いとは言ってません」

苦笑する気配が背中に伝わる。落ち着きがないのは、少なくとも今は弘文が原因だ。わかってるんだか、当の本人は。わかられても癪《しゃく》だけど。どこまで動くか内心不安だった手も、ちゃんと背中だけでとどまってシャワーで洗い流してくれた。そのあとで、先に入ってますよと弘文が声をかけて風呂につかった。オレはざばざば顔を洗った。

――なんだ、意識しすぎたか。そうだよな、いくら弘文だってこういう公共の場でどうこうしようなんて、さすがにそこまでの根性はないだろう。疑って悪いことをした。

そんな申し訳なさと後ろめたさも加わって、絶対同じところには入らないと決めていたのに、岩風呂だのジェットバスだの打たせ湯だのいろいろな種類がある中から弘文と同じ御影《みかげ》石《いし》造りの風呂にオレも入った。

ちょっと熱めの湯加減で、じんわり汗が浮かんでくる。のんびり伸ばした足から疲れが抜けてゆく感じがした。なんとなく強張っていた気持ちもほぐれていく気がする。まさに極楽《ごくらく》気分だ。いろいろな不安や悩みも今は忘れていてもいい気分になる。やっぱりオレ、単純なのかも。

そんなのどかなことを思っていたら、目が合った弘文がおいでとオレを手招きした。お湯を漕いでそばへ行く。

「いいよな、こういうの」

隣に並び、弘文を見る。

「本当ですね。倫紀が好きな気持ちもわかります」

本当だなとオレは微笑んだ。倫紀は無類の温泉好きで、道内の有名どころはほぼクリアしている。聞いたら悔しがるだろうなとも思う。今週末は倫紀はゼミ仲間とセミナーハウスで一泊の懇親会だ。作原と会えなくてつまらないだろう。その瞬間、ざまあみろ、というよりも可哀相《かわいそう》にな、と思った自分の心に驚いた。いや、断固として許したわけじゃないぞ、オレは。

た。

「露天《ろてん》行ってみますか」

弘文が顎《あご》で表へ続くドアを指した。その言葉にふっと我に返り、立ち上がってあとに続いた。

ドアを開けたら一気に冷たい空気が肌を刺す。中にいるとつい忘れがちだけど、まだ冬なのだから仕方がない。淡《あわ》い明《あか》かりが足元を照らす木目《もくめ》の回廊《かいろう》は、歩くたびに檜《ひのき》の匂いが強くなる。その期待を裏切ることなく、風情《ふぜい》のある日本庭園に面した檜造りの露天風呂があった。

「うー、冷えたッ！」

肩をすくめて勢いよく、熱い風呂の中に飛び込んだ。数秒で冷えた体にじわじわ温かさが伝わって行く。竹細工の衝立《ついたて》の向こうは女湯らしく、時折《ときおり》楽しげな声が届く。空に目を向けると広がる雲の隙間から光る星。凍《こお》ったようにぴいんと夜空に張り付いている。牡丹《ぼたん》雪がふんわりと風にのって降りてくる。――なんかいいよな、こういうの。

満足の息をついたオレを弘文がみつめていた。

「……なんだよ？」

わざと素っ気ない声で問い返したのは照れくさかったからだ。弘文の目がどこか優しくて。

「……気に入ってもらえたようでよかったです」

そう言い穏やかな微笑みを浮かべた。

「きみの喜ぶ顔を見るのが一番嬉しい」

いつものオレなら、なに気障《きざ》なこと言ってやがる、と毒づくところだけど。なぜか今は言い返せなかった。どう言葉を返していいかわからずに、ただじっと顎まで深くつかっていた。

……困る。こんなふうに言われたら何も言えなくなるじゃないか。不安も疑いも、そのまま溶けて行ってしまいそうで——。そんなふうにうやむやにしてしまっていいことじゃないんだから。

ふとうつむいていた目線を上げた。弘文の顔。指先がオレの目尻に触れる。

「——雪。睫毛《まつげ》に落ちましたね」

そう言って優しく撫でる動きに任せ、無意識に目を閉じた。弘文の手がオレの肩を抱き寄せた。力を入れてなかったオレの体は弘文の肩に凭《もた》れかかる。……その動作があまりにさりげなくて。拒むことも忘れてオレはその首筋《くびすじ》にとんと頭をつけた。

こうして弘文と触れ合っているのは嫌いじゃない。いくらいい年になってもスキンシップはどういうわけか安心する。だから子供が親にくっついてる気持ちもわかる。そういえばガキの頃から倫紀に必要以上にぺたぺたくっついてた気がするな——。

あやすように緩《ゆる》やかにオレの頬を撫でていた弘文の手がつと顎に伸びた。ふと目を開くと、ゆっくりと下りてくる顔。同時にそっと顎を持ち上げられる。——キスされる、ってことはわかったけど拒めなかった。代わりに軽く瞼を閉じた。

雪のような柔らかさで、そっと弘文の唇が触れた。すぐに離れて、薄く目を開けたオレの

視界に角度を変えて弘文の顔がまた近付いてくるのが映った。反射的にもう一度瞼を伏せたのと、唇に深く唇が重ねられたのは同時だった。――熱いキス。体より唇が一番熱を帯びているような気がする。包み込むような優しい熱。こういう弘文のキスが一番好きだ。軽くはないけど優しい。言い換えれば欲望の気配がしない――守るような、安心させるような。

それが今はなぜか――そんなキスのはずなのに、どこかいつもと違っていた。穏やかになるはずが、心臓の動きが少しずつ速くなる。

戸惑《とまど》いながら、どこかで不安を感じてそっと身を離そうとした――けれど弘文はオレを離さなかった。腕でも、唇でも。左腕で背中を抱かれ、右手で頭を押さえられて、いつしか弘文と向き合っていた。両腕で弘文の胸を押し返す。遠浅《とおあさ》だと安心して遊んでいた海で急に深みに嵌《は》まったような焦り。縋《すが》るべき相手が一番の怖さを感じさせる対象にすり変わってしまったみたいで――。

「――や……っ」

どうにか身を捩《よじ》り唇を離す。

「止《や》めろよ――」

小声で咎《とが》めてもまるで効き目はなかった。弘文の唇が首筋に下りる。背を抱いていた指先がすっと背筋《ぼうぎょ》を撫で下ろして、オレは一瞬身を震わせた。不意に自分が裸だってことが意識に上った。防御の役目を果たすものがない、ひどく無防備な状態。今まで気にならなかったのに、それがやけに不安で心許《こころもと》なくて。なのに弘文は動きを止めない。小動物を前足でいたぶるライオンのように、オレの反応を楽しんでいる。

「……っ、離せ――」

こぼれる微《かす》かな吐息。無意識のうちにきつく眉を寄せていた。弘文の手が腰の辺りをさまよい始める。びくっと肩を揺らしてオレは一層《いっそう》身を硬くした。

「もう止《よ》せ――」

「暴れると」

そっと耳元で弘文がささやいた。

「聞こえますよ、隣に」

その言葉が確実にオレの口から声を奪った。こっちの声が向こうに届く証拠に、向こうからの声も聞こえてきている。オレの躊躇《ちゅうちょ》の末の沈黙を的確に捕らえて、弘文は肩先に深く唇を這《は》わせた。漏れそうな吐息を唇をきつく噛んで押し殺す。そんなオレの反応さえも楽しんでいるようにその手が動き始める――繊細《せんさい》に、大胆《だいたん》に――。

「――っ！」

いきなりばしゃっと水音が響いた。

「……いい加減にしろよっ！」

真正面からオレをみつめる弘文は、頭から湯を滴《したた》らせて思いがけない事態に啞然《あぜん》としている。それは苦肉《くにく》の策だった。どうにか自由になる手で湯面を叩いて弘文に引っかけたのだ。わずかな隙をとらえてぱっと身を離して風呂を出る。肌に触れる冷たい大気にぶるっと震えたけれどちょうどいい。ほてりすぎた体を冷ましたい――特に弘文のバカが触ったところ。咄嗟《とっさ》にタオルで隠さなきゃならないなんて情けないじゃないかよ、馬鹿野郎。

「一生入ってろ！」

そう言い捨てると回廊へと向かった。

「――やられましたね」

一瞬の沈黙のあと、くっくっと楽しそうに、おかしそうに弘文が声を立てて笑うのが背中から聞こえて来た。それがあまりにも無邪気《むじゃき》で、屈託《くったく》がなくて。逃げられた悔しさなんてものが微塵《みじん》も滲《にじ》んでいない。それを聞いて深刻《しんこく》になってたのはオレだけだってことを思い知らされた。――ちくしょう、ちくしょう。

回廊を抜けて室内の風呂場へ戻った。中へ入るドアで、入れ違いで適度に酔いの回った賑《にぎ》やかなサラリーマンらしい団体に出くわした。赤い顔のオヤジ連中がのほほんと笑っている。

――まったくもう、遅いんだよ来るのが！

オレに謂《いわ》れのない睨みをぶつけられて、怯《ひる》んだようにその団体が道を開けた。

なかなか熱の引かないほてった体に浴衣を羽織《はお》り、急いで外へ出た。廊下はさっきに比べて人の流れが多くなってる。宴会時間が終わって一風呂浴《ひと》びようかという頃なんだろう。先に部屋に戻ろうとして、鍵《かぎ》を弘文が持っていることに気がついて足を止めた。部屋の前で待っているのも情けないし、今脱衣所に戻るのもなんとなく決まりが悪い。仕方がない、ここで待つことにするか――大浴場の出入り口の側に用意された椅子に腰を下ろした。髪をタオルで拭《ふ》き、雪がちらちら降る外を窓からぼんやり眺めた。

――どんな顔をすればいいんだ？　考えただけで顔がじんわり赤くなりそうだ。どうせあの鉄面皮《てつめんぴ》のことだ、何もなかったような顔で現れるに違いない。それが憎らしくもあり、救いでもあった。だって弘文に照れられたりしたらあんまりにもいたたまれない。もちろん恥ずかしがるような奴ならあんな真似はしないだろうけど。

ただなんだか――あれが今夜への布石《ふせき》って言うか、覚悟を決めておけっていう無言の通達のような気もした。

やっぱり――そういうことになるんだろうか。

考えただけで体の芯《しん》が熱くなる。

切り札を失くすことはまだいい、我慢する。でも女のことがはっきりしないままでってのはどうも気が進まない。寝たはいいけど実はもう弘文の中では心変わりをした後だった、なんて笑い話にもならないから。そこまでオレはドライじゃないし、弘文に対する執着《しゅうちゃく》がなくもない。

ああやってキスしたりするんだから、まだオレに気はあるんだと思いたいけど、でもそうとも言い切れない。男は即物的《そくぶつ》だから、特別な感情はなくてもそこに対象物があればとりあえず体が動いてしまういきものだと思う。オレが女ならよかった。だけどオレは弘文と同じ性別で、そんな男の生理もわかってしまう。

こんなことならわからないほうがマシだ。知らぬが仏《ほとけ》って本当だと思う。だからわからない者同士ってことで、男と女が恋愛するようになってるのかもしれない。

……でも何が困るって、もしもつらい思いをすることになってもいいって——とりあえず弘文と寝ちまいたいってオレが思ってることなんだよな。——どうなってもいいくらい弘文が好きで。

さっきだって本当は嫌じゃなかった。ただ場所が場所ってことと、あとあまりにも不意打ちだったたからあんな拒否をしたけれど。

今のオレの心の中で、どこかで無理に関係を持ってしまいたい部分があるのは否定できない。

——でもそうやって流されてしまうのが嫌だから、こうして距離をおいているのに——。

どうしよう。いろんな要素と感情が洪水《こうずい》みたいに流れ込んで来て、心の中がパニック状態だ。すっきり答えが出たらいいのに——。

タオルを頭にかぶせ、ぼんやりそんなことを思っていたそのときだった。

「――尚季《なおとし》？」

いきなり女の声がした。その声の主には心当たりがないわけじゃなかった。でもまさか――こんなところにいる人間じゃない。

「……希見《のぞみ》!?」

そんなオレの疑いは、けれどそろりと顔を上げた瞬間現実の姿に見事に打ち砕《くだ》かれた。日本情緒あふれる温泉宿には不似合いな派手な女がオレの前に立っていた。

「やだ、やっぱり！　どうしたの、すごい偶然！」

びっくりして立ち上がることすら出来ずにいたオレの肩をバシッと叩き、まじまじとみつめる。オレも希見をあんぐりと見た。どうしてこんなところにこいつがいるんだ――？

希見は東京に住むひとつ年上の従姉《いとこ》だ。母親同士が姉妹で仲が良くて、ガキの頃はよく夏に帯広へ家族で遊びに来ていた。

実はオレはこの女が大の苦手だった。苦手というよりトラウマだ。基本的に活発で、それは悪くはないんだけれど、男まさりすぎるのが問題だった。おてんばだのやんちゃだの、そんな表現じゃ可愛すぎる。はっきり言って野生児だ――サルだ、サル。木には登るわ崖《がけ》から飛び下りるわ、まさに男以上にワイルドな奴だった。

ガキの頃体の弱かったオレはきつい運動は出来なかった。それを知ってか知らずか、希見は来るたび思いきり外で遊びまくった。希見だけがそうしているなら別に問題はない。勝手にやってろよって冷めた目で見てただろう。問題は希見と倫紀が一緒にいたことだ。いくらおてんばだって女だから、親たちは必ず倫紀を同行させた。オレがそれを黙って見過ごすはずがない。倫紀行くところには尚季ありで、オレも必死になって付いて回った——いくら止められても。しかも希見はどうやら倫紀を好きで——それが余計にオレの気に障《さわ》ったのだ。希見がいると必ず一波乱《ひとはらん》起きた。希見と一緒にいる倫紀に付いて行って、無理をして怪我をしたり風邪を引いたりして。

そして最大の出来事があの日——小五の夏。朝からどんよりした雨雲が広がっていた。翌日の帰京を控えて、おとなしくしてりゃいいのに希見はまたまた出歩き始めた。当然倫紀つきで。前日から風邪気味だったくせに、オレはどんな些細《ささい》な接近でも見逃してなるものかと、調子が悪いことを隠して付いて行った。

蒸《む》し暑い日だったから川で遊ぶことになって、でもオレはさすがに無理で、岸辺でパチャパチャやっていた。弘文や倫紀の同級生何人かも一緒にしばらく潜《もぐ》ったり泳いだりして、そんな時間が十五分も経《た》った頃だった。いきなり夏の雨が勢いよく降り出した。

川の流れが速くなり、危ないからもう上がろうということになったその時、気が緩んだのかオレは足を滑らせて、急な流れに巻き込まれた。

さすがにそのときの記憶は朦朧《もうろう》としている。覚えていたくないのかもしれない。残っているのはただひたすら恐怖心だけで。皆の連携《れんけい》プレーで大事には至らずにすんだけれど、その結果、見事に肺炎《はいえん》を起こし、即《そく》中西病院へ入院することになったのだ。

それ以来、中学へ進んだこともあってか希見は帯広へ来なくなった。もしかしたらオレの入院に負い目を感じたのかもしれない。理由はどうであれ、オレにとっては倫紀につく余計な虫が一匹でもいなくなることは有り難かったから気にもしていなかった。ただその一件で、もともとあった希見に対する嫌悪《けんお》感に恐怖心が加わって、まさに天敵のような存在になってしまったわけだ。

その後オレが中三のときに一度、札幌で親戚《しんせき》の結婚式のときに会った。驚いたことに希見はすっかり昔の暴れん坊ぶりは影を潜《ひそ》めて、髪を伸ばして女の子っぽいワンピースを着て、誰もがいいお嬢さんねと褒《ほ》める女になってしまっていた。なんとなく肩透《かたす》かしを食らった気分で、話しかけてこようとした希見を無視した。

そのときから希見とは会っていない。だからもう五年ぶりになる。今目の前にいる希見は、外見《がいけん》は昔の姿が想像もつかないくらい女っぽくなったけれど、性格は昔のままらしい。倫紀は元気かだの伯母《おば》さんたちはどうしてるのだのよく喋る。

「それにしてもバンドやってるってホントだったのね」

髪を触られ、はっと我に返って嫌な記憶の再生を中止した。

「なによ、どんな感じかと思ってたのに結構似合うじゃないの」

「それよりどうしたんだよ、こんなところで」

「遊びに来たのよ、友達と」

見れば希見から少し離れたところに女がひとり。目が合うとにっこり微笑んで会釈《えしゃく》をくれる。頭を下げ返したオレに希見が紹介した。

「大学の同級生。松浦結花《まつうらゆか》ちゃん」

おっとりして、いかにもお嬢様って感じだ。こんなタイプがよく希見なんかと付き合ってられるな。振り回されてるんじゃないかと他人事《ひとごと》ながら心配になる。

「倫紀いないのね、電話しても留守だった」

一瞬昔の闘争心に火を点《つ》けられた。それを抑え、淡々と答えた。

「ああ、ゼミ合宿だって」

「そうなんだ。尚季のところにもさっき電話したのよ。いないと思ったらこういうわけ？」

意味ありげににやにや笑ってオレを見る。その口許《くちもと》に何だか含むものがあって、わざとそれには触れずにきつい口調で言葉を返す。

「いつまでこっちにいるんだよ」

「そんな迷惑そうな声出さないでよ。今日来たばっかりよ、今日と明日もここ。二泊三日の温泉旅行だもん」

……げ、二晩ともこいつと一緒？

「北海道まで来て温泉だけかよ。しかも同じところに連泊しなくたって――」

他の所に行けよという願いがあふれ出てついそう言ったオレにふんと鼻を鳴らす。

「結花が旅行雑誌の懸賞《けんしょう》で当てたのよ、ここの二泊分のペア宿泊券。ついてるでしょ。尚季は？　今日だけ？」

「……今日と明日の二泊」

「え、同じ？　すごい偶然！」

悔しまぎれにオレは希見を責めた。

「来るなら来るで前もって言っておけよ」

「別に尚季に案内させようなんて思ってないも－ん」

そう答えてから希見は意味ありげに微笑んで、そばににじり寄ってきた。

「彼女と一緒？　伯母《おば》さんたちには黙ってたげるから白状しなさい」

「違うよ」

一応否定した。それでも指示代名詞は違っても、関係的には変わらないからあまり強く言い切れない。そんなオレに納得したようなまなざしを向けて希見が小馬鹿にしたように笑う。

「あんなお子ちゃまだったあんたがねー、まったく時の流れは川より速いわ」

「違うって！」

そう反論したオレの隣にふと影が立った。

「どうしたんです？」

希見と同時に振り返る。

「――中西くん⁉」

三オクターブはトーンを上げて希見が叫ぶ。

「……希見さん？」

一瞬考える表情で、それでもすぐに弘文は確認するように問い返した。

「やだー、覚えててくれた？」

希見はあからさまに嬉しげだ。

「そちらこそよくわかりましたね」

「だって相変わらずいい男だもん、中西くんたら」

「希見さんこそますます綺麗《きれい》になって。僕は一瞬わかりませんでしたよ」

「やだもう、相変わらず口上手《うま》いんだからぁ」

相変わらずって、おい、ガキの頃から弘文は女にこんなお世辞《せじ》を言ってたわけか？

見事なまでの変わり身の早さと口の上手さ。このふたりはそういう意味ではいい勝負なのかもしれない。

弘文が今度は松浦さんと話し出す。ところで伯父《おじ》さんたちは元気なの、と希見が内輪《うちわ》の話をする顔でオレを少し離れたところに引っ張って行き、声を潜《ひそ》めて口にした。

「ね、中西くんて彼女いるの？」

「──そんなこと本人に訊けよ」

何だよ、昔は倫紀のこと好きだったんじゃないのかよ。どうしてこいつはひとと同じ相手を狙うんだ。

「訊けないから尚季に訊いてるんじゃない」

苛立ったような、哀願《あいがん》するような微妙な口調。ため息をつき、オレは投げ捨てるように言った。

「……さあね、普通こういうところは彼女と来るんじゃないの」

それがオレに出来る精一杯の皮肉と真実を込めた返答だった。けれどそれを希見は、男のオレと来ている、つまり恋人不在と受け取ったらしい。ありがと、と嬉しげな笑みをもらす。

……そうだよな、普通はそう思うよな。まさか男が恋人だなんて考え付かない。希見は軽《かろ》やかに弘文たちのところへ戻って行った。

「ねぇ、久し振りだし後でゆっくり話さない？」

かまいませんよと弘文が部屋番号を告げる。それにはにっこり微笑んでうなずき、オレには、ごめん、あんたもカップルじゃなかったのね、とこっそり悪戯《いたずら》な笑い声をたてた。どうにも返しようがなくてオレはむっとしたまま睨みつけた。それも見事なバリアで弾《はじ》き返して、じゃあまたあとで、と松浦さんと女湯の暖簾《のれん》がかかった入り口へと向かう。

「——何の話だったんですか？」

ひらひら手を振るふたりににこやかな笑顔で応《こた》えながら、弘文がオレに訊いてきた。

「……オレが彼女と一緒に来てると思ったんだって」

「そうだって言えば良かったじゃないですか」

楽しそうな微笑み。ああ、ちくしょう。

「それよりどうすんだよ、部屋。ホントに来たら」

「いいじゃないですか、歓迎しましょう」

余裕ある笑みで返されて言葉に詰まる。

「賑やかでいいじゃないですか」

——こいつ本気でオレのこと好きなわけ……？　馴染みになった疑問ががっくり脱力感と共にオレを襲ってきた。

女に愛想がいいのはいつものことだと諦《あきら》めるとして。だけどオレとふたりで来てるっていうのに、わざわざ他人を部屋に呼ぶこともないだろう。ひとが折角《せっかく》覚悟を決めかけたっていうのに。

「——それとも」

意地の悪いまなざしが向けられる。

「来られたら困るならそう言いますが？」

これは完全にさっきの露天でのオレの反応への仕返しだ。ぐっと言葉に詰まって弘文を睨み返す。鷹揚《おうよう》な皮肉な笑みを浴びせられた。

希見の「波乱女」のジンクスが、今回も見事に当たりそうな嫌な予感がオレを襲った。

「うわあ、特別室ぅ!?」

ぴったり一時間半後。もう遅いし来ないだろうと思っていたらチャイムが鳴った。手土産《てみやげ》のビールとつまみをドアを開けたオレにぽんと渡し、希見はさっさと中に入っていった。オレに申し訳なさそうに頭を下げて、松浦さんもおずおずと後に続く。

「すっごーい、広ーい、きれーい」

希見が大仰《おおぎょう》なため息をついた。湯上がりの少し濡《ぬ》れた髪がまとめられている。無造作っぽいけど、念入りな計算の末に出来たものだろう。ただ乾かすだけのオレとはえらい差だ。

「全然違うわね、いいなぁこの部屋」

「泊まって行きますか」

本気とも冗談とも取れない言葉を弘文が吐く。イヤだぁ、と笑う希見の言葉も微妙なトーンだ。すっかり意気投合したらしいふたりは、昔の話も引っ張り出して賑やかに騒ぐ。――わかってる。こんなことに苛立ってたらやってられない。そう思いながらもビールを飲むピッチは速くなった。

「――あの、良かったのかな」

不安そうな声がかすかに響いた。振り向くと松浦さんが申し訳なさそうな、借りてきた猫さながらにちんまりとしてオレを見ていた。

「急に押しかけて来て――すみません。折角いらしてたのにお邪魔じゃないですか？」

「別に……」

こう下手《したて》に出られると何も言えない。そうですか、とすまなさそうな微苦笑で返す。……いいなぁ、こういう控え目な感じの子。希見も少しは爪《つめ》の垢《あか》でも煎《せん》じて飲めばいいのに。遠慮する松浦さんに冷えたビールを渡す。せめてこれくらいはしてやりたい気になる。ホントどうしてこんな子とあの希見が旅行するほど仲がいいのか不思議だよ。

けれどその疑問は思いがけずすぐに解明されることになった――。

「――だからぁ、私は止《や》めろって言ったのよぉ。それをこの子が飲む飲むって言ってー、気がついたらふたりで一升瓶《いっしょうびん》空けちゃってたのぉ！」

きゃはははは、と太い笑い声が部屋中に響く。……恐ろしいことにこの声の主は希見ではなかった。希見はその話に合わせて、ドスの利《き》いたぎゃはははを連発していた。

――松浦結花。あんなにおとなしそうにみえたのに。初めはためらいがちに飲んでいた彼女のオーラが変わってきたなと感じたのは、ビールを一缶空けたあたりだ。

（うわ、これはまずいわ）

弘文と夢中で話していた希見がまるでそう思っていなさそうな声で言った。ぎょっとして見返したオレに、結花って飲むとすごいのよねと呑気《のんき》につぶやいた。

その後は止める間もなくペースが速くなって、気がついたらべろべろの化け猫になって、踊るわ歌うわ笑うわ泣くわの乱酔《らんすい》ぶりだ。いつ他の部屋から苦情が来るかと冷や冷やするほどに。希見のほうがまだおとなしくみえるんだから恐ろしい。……つくづく人間て見た目で判断しちゃいけない。そうだよな、これくらいの特殊なキャラクターじゃなきゃあの希見と付き合ってられるはずがないんだよ。己《おのれ》の見る目のなさを呪《のろ》った。

「にゃおとしちゃあん、飲みが足りないわよぅー」

松浦と目が合った途端にぐっと浴衣の襟元《えりもと》を摘《つま》まれて缶ビールを突き付けられた。……マジかよ、どうにかしてくれよ。狂乱の宴会の中においても変わらぬ淡々《たんたん》としたペースの弘文は、そんなオレを一瞥《いちべつ》しておかしそうに笑っただけだった。その隣に寄りそうように希見が座ってふたりの世界を作っている。それに弘文は楽しそうに相手をして。

それを見てたら無性《むしょう》に腹が立った。――なに考えてんだよ、あんたの相手はオレだろうが。オレのいないところでならまだしも、目の前にオレがいるってのに堂々とそれはないんじゃないのか?――ちくしょう、覚えてろよ。

ぎろりと睨みつけてオレはひったくるように缶ビールを奪い、一気に中身を飲み干した。

きゃああ、と生きのいい松浦の歓声と拍手が響いた。


……頭が痛い。どよんと体に鉛《なまり》が入っているみたいだ。しゃかしゃか歯を磨《みが》いていても、気を緩めるとそのままばったり倒れ込みそうで怖い。

「二日酔いですか」

鏡の中から尋《たず》ねる弘文は憎たらしいほど爽快《そうかい》な表情だ。石鹸をぬりこめ、カミソリで髭《ひげ》を剃《そ》っている。くそう、このままそっちに倒れ込んだら流血沙汰《ざた》だからな。

結局昨夜の記憶は途中から消えている。最後に時計を見たのが二時ちょっとだったのは覚えてる。

目が覚めたら布団《ふとん》の中で、弘文は浴衣のまま隣の部屋で新聞を読んでいた。ふらふら起き上がったオレに、弘文は新聞を置いて手を貸し、昨夜のその後を話してくれた。飲み終わったのは酒が底をついた四時過ぎらしい。もちろん弘文は最後まで付き合って、なのに寝不足の影も二日酔いのだるさもみえない。こいつの血、酒じゃないか?

「まだ寝たりないんじゃないですか?」

尋ねた弘文に歯ブラシをくわえたままきっぱり首を振った。その瞬間ぐわわと鈍痛《どんつう》が響いたけど、それは必死に隠した。こんな時までガキ扱いされちゃたまらない。

それにしても、まさかあんな展開で一晩が過ぎるとは思わなかった。あの悲愴《ひそう》な覚悟は何だったんだと思うと、情けなさを通り越して腹が立つ。別にどうこうしたかったわけじゃないけど、いや、したかった気もしなくもないけど、でもだからって——。

冷たい水で顔を洗って混乱気味の頭をしゃっきりさせた。先に洗い終えた弘文はタオルで顔を拭きつつオレをみつめていた。

「……なんだよ」

オレはあんたを許していないし、昨夜《ゆうべ》のことで不信感が倍増されてるんだからな。これはちょっとやそっとじゃ崩れない。希見とべたべたしてる姿が現実の五倍増しで頭の中に刻《きざ》まれてるんだから。

「何でもないです」

ならそんな甘い顔してるなよ。どう反応していいか困るだろうが。ぎこちなさを隠すように、弘文の手からタオルをひったくって口許を拭いた。タオルを返した手首をいきなり取られて心臓が跳ねた。すっとオレの頬に唇が掠《かす》めていった。

「こういうシチュエーションでおはようの挨拶《あいさつ》は欠かせませんからね」

からかうようにささやき、するりと洗面所から出て行く。その後ろ姿を見やり、旧式のロボットのようにぎくしゃくと髪を梳《と》かした。

——何だかつらい。心の中に吹き溜《だ》まりが出来ているみたいに。甘い行為のはずなのに、なぜか心は沈む。鏡の中に映る顔。いくら女顔だとは言われても女じゃない。女になりたいわけじゃない。男の自分に納得してる。でも昨夜みたいなことがあるとどうしてもコンプレックスが刺激される。どうあがいてもオレは自然な形で弘文の隣にはいられない——オレのものだから手を出すななんて宣言することはできないし、させることもできない。

今のキスもどこか義務的なもののように思えた。この速攻《そっこう》手出し男がふたりでいてこの程度なんて考えられない。昨夜の風呂でだってああだったくせに。朝起きたときだって隣にいなかったのもそもそも変だ——きみの寝顔を見てました、なんてぶっ飛ばしたくなるようなことを平気でつらりと言ってのけそうな奴だ。それがオレより新聞かよ。

——希見と会ったから？　男のオレより女の希見のほうに魅力を感じた？

希見は確かにスタイルもいいし、顔だって整ってる。

オレよりも似合うのかもしれない。別に希見じゃなくても。誰でも——女なら。

ずきっと心が痛んだ。

昨日から——いや、もっと前から感じてたこと。虫歯みたいに、いつもじゃないけどふっとしたときにじくじくと痛みだす。

考えたくないのにどんどん頭の中を占領されて行く。追い払いたいものほど出て行かないのはどうしてだ。

弘文は女といるのが似合う——オレといるよりも。わかってたことだけど、それを改めて昨晩見せつけられてしまった。それを否定できないのが悔しいほどの完全なかたちで。やっぱり誰かいるんじゃないかという疑いはどんどん膨《ふく》れ上がっていって、破裂《はれつ》寸前までに膨張《ぼうちょう》している。

「——尚季？」

いつまでも出て来ないオレを心配してか、弘文が部屋から顔を覗《のぞ》かせた。気付かないうちに朝飯の支度をしに仲居さんが入ってきていたらしい。焼き魚の匂いがぷんとする。いつもなら食欲を促すその匂いは、今は気分の悪さを強めるだけだ。

「冷めますよ。支度がすんだら食事にしましょう」

それに無言で応えてオレはブラシを置いた。——髪が何本も絡まっていた。

「何よ、まだ支度してないの？」

朝飯のあと、すぐに希見と松浦が顔を出した。まだ浴衣姿のオレを見て、呆れたような口調で希見が文句を言った。昨夜はありがとう、なんて愛想のいい声を弘文にはかけてたくせにオレにはこれだ。

「ちゃっちゃとしなさいよ」

頭に響く大声にむっとしながら隣の部屋の襖《ふすま》を閉めて着替え始めた。それにしてもすんなり迎え入れた弘文の態度——昨夜のうちに今日の約束をしてたってことか。

オレの不機嫌バロメーターはまた急速に上昇した。何だってんだよ、希見は。オレたちは四人で旅行してるのか？　弘文も弘文だ、そんな愛想のいい顔してるなよ。これは帰ったらとことん作原をいびって憂《う》さをはらしてやらなければと決めて着替えを終えると、窓から外を眺めて希見が言った。

「今はいいお天気だけど午後から荒れ出すらしいから、早めに行きましょ」

「行くってどこへ」

建物の中を動くのも面倒くさい気分なのに外まで行くなんて冗談じゃない。いや、それ以前に合同行動が決定なのか？

「スキーよ、スキー。昨夜話してたじゃない」

あっさり返され眉を寄せた。まったく覚えのない話に記憶の糸を懸命に手繰《たぐ》り寄せる。それでも出て来るのは希見と松浦の酔っぱらった姿と弘文の平然とした顔だ。

「午前中滑って午後はのんびりホテルにいるっていうんでもいいじゃない。一日ごろごろしてたら体鈍《なま》っちゃうわよ」

どうしてこの女はこんなにタフなんだ。昨夜あれだけ飲んだのに、その名残《なごり》をどこにもとどめていない。隣でおっとりうなずく松浦も。弘文と三人合わせて絶対異常だ。

「中西くん一級持ってるんでしょ。教えてもらうの」

ね、と松浦と顔を合わせて希見が笑う。なんとなくムッとして口を開いた。

「スキーなんて持って来てんのかよ」

「レンタルしたらいいじゃない」

弘文の顔を見て得意げに希見が微笑む。弘文も柔らかくうなずいてそれに応えた。なんだよその反応は！

「……行って来いよ」

そのやり取りにいささかの反感を込めて言ってやった。けれど希見はまるで気がついていないのか、けろんと目を丸くする。

「何よ、あんたが行きたいって言ったのよ？」

そんな酒の席の言葉を覚えてられるか。松浦がオレの顔を見て、不意に心配そうな声を出した。

「もしかして二日酔い？」

もしかしなくてもそうだよ、フツーの人間は！　頭を押さえてひとつうなずく。

「そういうわけでオレはパス。三人で行って来い」

本当はこの程度の調子の悪さは昼になれば治まることはわかっていた。確かにスキーもしたいことはしたい。だけどこのメンツで行くのは嫌だった。今は特に女といる弘文を見たくない。オレ以外の奴に優しくする姿を見たくない。普段ならまだ我慢できても、今そんなのを見たら間違いなくオレはノックアウトだ。

「三人じゃつまんないじゃん」

希見が口を尖らせる。嘘つくなっての、おまえは弘文がいれば楽しいんだろうが。ねえ、と希見はまた同意を求めるように弘文に目を向けた。その仕草はオレがふたりの間に入り込む部外者のように感じさせた——弘文が希見のもののような感じで。

「……いいから気にしないで行ってこいよ」

そう告げてからちらっと盗み見た弘文の顔はいつもと変わらない。

——本当は。希見といるところを見たくないっていうよりも、弘文を試しているような気がした。オレが行かないって言ったらどうするか。僕も止《や》めておきますって残って欲しいのかもしれない——希見たちよりオレを選んで欲しいのかもしれない——女より、男のオレを。

「どうする？」

希見に訊かれて少し考えていた弘文が、それじゃ、とおもむろに口を開いた。一瞬ぴくんと心が跳《は》ねる。

「——滑って来ますか、少しだけ」

穏やかな、けれど迷いのない声で弘文が言った。

「せっかく札幌に来たんです、スキーくらいして行ったほうがいいでしょう」

「そうね、じゃ午前中だけ。お昼には帰って起こしてあげるから、尚季はその間寝てなさいよ」

弾んだ口調で希見が答える。

フロントでスキー場の情報をもらってきますと弘文が立ち上がり、松浦も電話をかけてくると一緒に部屋を出て行った。

――重い。二日酔いの重さ以上に頭が重い。心臓は痛い。苦しい。――自分で言ったことなのに。それなのにどうしてこんなにつらい気持ちにならなきゃいけないんだ。弘文の選択に泣きたくなるんだ。無意識にきつく唇を嚙み締めた。

「昔みたいについて来ないのね」

戸口までふたりを見送って戻って来た希見が、悪意があるのかないのか、のんびりと呟く。

「――もうあの頃みたいなガキじゃない」

そう返すのが精一杯のオレは多分昔より弱いだろう。まあね、と希見もうなずいた。

「でもひとりで残っててもつまんないんじゃない？　スキーしなくても一緒に行ってロッジにいたら？」

その提案に首を振った。これ以上希見と弘文を見ていたくないから行かないんだと、口に出せない反論は喉元で止まった。そんなオレの気持ちを知ってか知らずか、希見はそぅおとうなずいてから呑気な声をあげた。

「ねぇ、本当に中西くんてフリー？」

今のオレに訊くなよ、そんなこと。自棄《やけ》になって、知らねえよと嘯《うそぶ》いた。ふうんとオレの素っ気ない反応におもしろくなさそうな顔をして、それから希見はひとりごとのように口にした。

「狙《ねら》ってみようかなー」

「止《や》めとけ」

咄嗟に鋭い声が出たのに自分でも驚いた。希見がきょとんとしてオレを見返す。

「どうして？　誰もいないんでしょ？」

何か言わなければ。そう思って取り繕《つくろ》うように口にする。

「性格悪いし――女癖も悪いし、勝手だし」

「え、優しいわよ？　格好いいし、頭いいし、話もちゃんと聞いてくれるし。なかなかいないんじゃない、ああいうひと」

オレの言葉を心外だと言わんばかりに否定して弘文を褒めまくる。眉を寄せ、顔を背《そむ》けたオレに希見は淡々と打ち明け始めた。

「実はね、私、付き合ってたひとと別れたばっかりなのよ」

「――は？」

いきなりの話にすぐ顔を戻す羽目《はめ》になった。

「だからこれ、一応失恋記念の旅なんだ」

「──そっか」

強気の人間に弱味を見せられるとどう対応していいかわからない。希見は同情されて喜ぶタイプじゃないとわかっているだけに余計。

「……どうして別れたんだよ？」

訊いていいのかどうかわからなかったものの、つい気になって尋ねてしまった。希見は気にかけない様子でさらりと答えた。

「浮気されたらしいのよね。バイト先の子に手を出してるって噂が入ってきたの。だからもうそれでお終《しま》い」

簡単に言ってはいても、もちろんそのほかにもいろいろなことがあるんだろう。

「……諦められんのか？」

「当たり前でしょ、そんなどうしようもない男に時間費《つい》やしてたって無駄。それなら新しい恋をみつけたほうがいいもん。別れましょって三行半《みくだりはん》つきつけてやったわ」

「事情も訊かないでか？」

「当然。言い訳聞いても意味ないし」

鬼の首を取ったような晴れやかな表情で希見が微笑む。

「だからね、中西くんに声かけてみようかな、なんて思ってるわけ」

「会ったばかりだろ」

「ばかね、何のために一目惚《ひとめぼ》れって言葉があるのよ。大体子供時代を知ってるんだもん、それで基本は充分じゃない。それにね、全部を知ってから付き合う必要もないでしょ。付き合いながら知っていくってこともアリでしょ？　明日になれば私は帰っちゃうんだし、早目に押しておかないと」

その言葉にぐっと詰まる。希見の言うことはすべて自信にあふれてる。何の引け目もないからだ。弘文にふさわしい、その自信は存分にあっても。

「……付き合ったとしたって札幌と東京だろ」

意地の悪い言葉も、軽やかな笑顔であっさり撥《は》ね除《の》けてくる。

「遠距離恋愛って却《かえ》って良かったりするのよ。会えないと思うと余計会う楽しみができるし。毎日一緒にいると新鮮味もなくなるでしょ」

まるで障害なんてないという顔で言ってのける。悔しいというより——不思議と羨《うらや》ましかった。そんなふうに言い切れる希見が。

「いざとなったら明日まででもいいわ。中西くん、そういう面は軽そうだもん。あんないい男を一晩だけでも放っておくなんてもったいないじゃないの」

軽く希見が笑った。心を突き刺すようなその言葉に何も言い返せないうちに、弘文と松浦が帰って来た。

「出られますか。ちょうど今スキー場行きのバスが出るそうですので」

「もういつでもＯＫよ」

すんなりした足を伸ばして希見がすっくと立ち上がる。

——行かないで欲しい。あんな話を聞いてしまった後では余計にそう思った。弘文と目が合った瞬間、弱気な言葉がこぼれそうになる。けれどそれを口に出せるはずもなくて。代わりにふっと顔を背けたそのとき、ゆっくりとドアが閉まる音がした。無意識にそれを追うように立ち上がって、ふと我《われ》に返り立ち止まった。

子供の頃は希見を倫紀と一緒にいさせるのが嫌で付いて回って——そして今、本当に離したくない相手と希見がいるのに止めることが出来ない。

——負けるかもしれない。

ぎゅっと心の中でそんな不安が灯《とも》る。消えて欲しいのにそれはまるで消えなくて、じっと燃えて揺れていた。

眠気も起きない。不安に比例して却って目は冴《さ》えて行く。

椅子に足を抱えて座って、オレは心の中に渦巻《うずま》く暗い思いを追い出せずにいた。

一時を少し回った頃になって弘文が帰って来た。

「すみません、もっと早く帰るつもりだったんですが道が混んでて」

ドアを開けに立ったオレに礼を言い、コートを脱いでハンガーにかける。ふと触れた肩が冷たい。

「二日酔いは治まりましたか」

「ああ」

短く答えて座椅子に座った。煎茶を口に含み、ちらりと視線を弘文に投げた。

「――希見たちは？」

「冷えたから温泉に入って来るって言ってましたよ」

テーブルを挟んで向かいに腰を下ろし、弘文が答えた。

「昼は？　食べました？」

穏やかな問いかけにオレは首を振った。

「じゃお腹空《す》いたでしょう――何か食べに行きますか。下の和食処《どころ》で美味《うま》そうな会席《かいせき》弁当が出てましたよ」

「……食いたくない」

ぼそぼそと返す。弘文はそんなオレの様子に慣れているからか、特に気にとめた様子もない。いつもの気紛《きまぐ》れなわがままだと思っているのだろう。

「じゃ僕も風呂に入って来ますが——きみはどうします？」

優しい声を聞きたくなかった。窓の外を見て目を逸《そ》らした。

「いい」

空は天気予報の通り雲が広がり、風に乗って雪も降り始めていた。時折唸《うな》るような風がガラスを震わす。

「じゃあすぐ戻って来ますから」

そう言って立ち上がった弘文の背に声をかけた。

「——ゆっくりして来い。希見と混浴でも家族風呂でも入って来れば？」

「なに言ってるんですか」

弘文の口から苦笑と一緒にからかいがもれた。

「もしかして拗ねてます？」

拗ねてるなんて程度のことならきっとこんなに苦しくない。苦みと嫉妬《しっと》がじわじわと体を侵蝕《しんしょく》していく。

「……告白されたか？」

オレをみつめていた弘文の顔からすっと笑みが引いていった。多分オレにしかわからない程度の変化で。

「好きだって——希見に言われたろ？」

どうして言葉にするのは単純なんだろう。ほんの数秒で済んでしまう。こんなに心の中では複雑な形で渦巻いているのに。言葉なしにオレを見返す弘文に突き付けるように告げた。

「希見から聞いたんだよ。弘文のこと好きだって」

「知ってたんですか――」

弘文の声から柔らかさが抜けていく――その目からも。

「わかってて行かせたんですか」

非難するような冷えた声音《こわね》。それから逃れるように即座に言い返した。

「弘文だって気付いてたんだろ。それがわかんないぐらい鈍感な奴じゃないし、遊んでなかったわけじゃないもんな」

皮肉に笑い捨てると、弘文はオレを見てきっぱりと言った。

「わかってました。わかっていたからこそきみが気付く前に断ろうと思ってましたよ」

「だから今もスキーに行ったたっていうのか？」

――オレをおいて。それは声になる寸前に殺した。

揶揄《やゆ》するような響きが自分の言葉にあるのはわかっていた。けれどそれを止められない。

そうするしか今のオレには出来なかった。

「案外下心《したごころ》とかあったんじゃねえの？　あわよくばって」

弘文の拳《こぶし》にぐっと力が入ったのがわかった。どうにかして堪《こら》えてる。それを冷めた目でオレは見てる。

——本当はオレを殴りたいんだろう。でもその手は決して上がらない。それを知っているからこんなことをオレは言う。——殴られないことで受ける、それ以上の無痛《むつう》の制裁の痛みを感じ、そして殴れないことで余計に膨《ふく》らむ弘文のつらさを知りながら。

「あんたは今までの行動に信用がないからな」

そう放った自分の声音の鋭さに驚いた。悲しみが攻撃を生む力になるってことを初めて知った気がした。

「いいんだぜ、乗り換えても」

我ながらひどく辛辣《しんらつ》な口調だった。

「——誰から誰に乗り換えるっていうんです」

怒りをぐっと押し殺した弘文の声。けれど静かに——内に押さえ込まれたものの激しさをオレは知っていた。

「だってもうオレに飽きただろ?」

「なに言ってるんですか——」

怒りに呆れを加えたため息をこぼす。

「どうして僕がきみに飽きなきゃいけないんですか」

答えなかったのは出来なかったからじゃない。したくなかったからだ。言葉にしたらそれが本当のことだと認めることになりそうで。

「どうしたらそういう発想になるんですか。そのほうが聞きたいくらいだ」

「だって――」

もがくように声が出た。縋《すが》りたい相手は弘文で、でもオレを突き放す相手も弘文で。どうしたらいいのかわからないまま、混乱した口が動く。

「だって弘文は今まで次から次って相手を取り替えてて！　それをオレは間近《まぢか》でずっと見てきたんだぜ!?　食べ散らかすみたいに女に手をつけては捨ててきてるのも知ってる！　どうしてオレもそうならないって思えるんだよ、どこにそんな保証があるんだよ！」

一度声にしてしまうともう止められなかった。急激なスピードで落ちて行く――そのすべてを言わなければ多分地面まで落ち切らない。

「今だっているんだろ、誰か――！」

思いがけない叱責《しっせき》に驚いたのか、それとも図星《ずぼし》なのか。一瞬弘文は声を失い、それからオレをみつめ、はっきりと口を開いた。

「いません。きみの他は誰も」

――その宣言を信じたかった。――でもそれを信じる根拠よりも疑う根拠のほうが確かで根強《ねづよ》くて。その疑問を問い詰めたかった。――頻繁《ひんぱん》にかかってくる電話と、欲望の解消の方法。でもどちらも口にできない。今言うのは何だかさもしくて、なけなしのプライドがそれをとどめた。代わりに口は別の言葉を吐き出した。

「ホントにオレのこと好きなの?」

訳がわからないといった顔で弘文がオレを見返す。

「前に——本当にオレのこと好きなのか訊いたとき、とりあえず信じてみろって言ったよな」

あれは自分の思いを弘文に伝えた夜。クリスマスのラストライブの後。弘文はオレを好きだと言った。その告白がとても信じられなかった。弘文は倫紀を好きなんだとずっと思ってたから。そんなオレに、とりあえず信じてみろと弘文は言った。確かに気持ちなんて見せようがないし、形になるものじゃない。だからオレもそれに同意した。だけど——信じたいけど駄目だ。今のオレに弘文は信じられない。何よりも——誰よりも信じたいのに。

「——わかんねえよ、弘文が——弘文の気持ちが」

そう呻《うめ》くように呟いた言葉は、一生口にしたくなかった言葉だった。テーブルに両肘《ひじ》を突き、うつむいて前髪をきつく摑《つか》む。どんなに優しくされても、穏やかな目を向けられても、それがどんなに嬉しさや甘さを引き起こしても、心のどこかで拒んでる。素直に受け止められない。その後ろに誰かの影を感じて疑ってしまう。

「僕を信用できないってことですか」

「——出来るわけないだろ、今までの自分の行動考えてみろよ! 信じられるほうがおかしい！　証拠みせろよ、オレだけだっていうならオレだけだってこと証明してみせろよ！」

「……どうしたらいいんです」

わからない。どうして気持ちはこう厄介《やっかい》なんだろう——形のないものは。ぎゅっと拳《こぶし》を握り締める。

「つまり僕のきみへの愛情を疑っているわけですね」

蔑《さげす》むようなまなざしを投げられ、カッときて怒鳴った。

「ああ、そうだよ！」

その瞬間、完全に自分の中のストッパーが外れたのを知った。不安と疑念がすべて弾《はじ》け出し、吹き荒れた。

「どうせオレは男で！　希見があんたを好きだって言ってもオレのものだから手を出すななんて言えない！」

「——言えばいいじゃないですか」

切りつけるように弘文が声にした。ひどく冷静な面持ちだった。

「言いもしないで責めるだけ責めるんですか。僕は誰に知られてもかまいませんよ」

「どうしてそういうこと——無責任に！」

「無責任に聞こえますか？　それはきみの耳が真剣に聞き入れてないからです」

冷えた響き。それはオレの心も凍《こお》らせた。跳ね返すだけの力はオレにはなかった。せめての反抗を目に込めるだけで。そのまなざしを受け止める弘文の表情は読めなかった。残酷にも冷酷にもみえる。冷たい、突き放すような瞳だった。高まる不安と苛立ちに突き動かされ、訳もわからず闇雲に叫ぶ。

「……あんたなんか好きじゃない！　もう放っておけよ！」

自分の声を耳にして心と体が固まった。けれど口から放ってしまった言葉は取り戻せない。うろたえ、でもどうしていいのかわからなかった。自由が利かない――弁明するために唇を動かすことも、触れるために手を動かすこともできない。

「――わかりました」

しばらくの沈黙のあと、弘文は背を向けて脱いだばかりのコートをまた手に取った。

どこへ行くんだと訊きたかった。なのに今のオレにはそれを尋ねる権利さえなかった。

その瞬間既視《きし》感が襲う。前もこんなことがあった――そう、確か富良野へ行ったとき。オレが弘文の女関係を問い質《ただ》したことが発端《ほったん》になって起きた喧嘩。弘文がオレを置いて出て行こうとした。あのときは縋れた――オレに罪悪感はあっても疚《やま》しさはなかったから。でも今は。オレたちはあの頃のオレたちじゃない。

一度も振り向かず、弘文は部屋を出て行った。

ぱたん、とゆっくり閉まるドアの音がオレを孤独の闇《やみ》に突き落とした。

以前は――弘文と喧嘩をしても倫紀がいて、倫紀がオレの孤独を癒《いや》してくれた。倫紀に作原が出来てからは弘文がその寂しさを埋めてくれた。

今は弘文の代わりを倫紀には頼めない。作原がいるからじゃない――弘文の代わりは誰にもできないから。それくらい、弘文はオレにとって特別な存在になってしまっていたから。

――それなのに。

涙がこぼれそうになってきつく唇を噛み締めた。


ぼうっとしていたらいつもは時間が経つのが遅い気がするのに、今日はやけに速かった。時計を見ると五時――弘文が出て行ってからもう四時間近く経っていた。何もしなくても時間はつぶせるものらしい。

暗さが感じられて目を向けると、とっくに日が暮れた窓の外はひどい吹雪《ふぶき》になっていた。天気予報は見事に当たったってわけか。オレの精神天気もまさに同じだった。のろのろと立ち上がり、カーテンを引き部屋の明かりをつけた。

多分希見と一緒だろう。部屋にいるか、外へ出たか、希見とふたりきりか、松浦と三人でいるかはわからないけど。

希見の部屋に電話をかけてみればはっきりする。でもそんな気にはなれなかった――真実を知るのが怖かった。希見の気持ちに応えたかどうかまできっとわかってしまうから。

心は凍結してしまったみたいに固まっていた。オレと弘文の関係が壊れてしまったことだけが感じられて、それを認めるのが辛かった。向き合わなければならないことから目を背けたまま、オレはただぼんやりとしているだけだった。

——捨てられたんだ。

それだけが心の中に渦巻いていた——どうしようもなくつらいはずなのに、未《いま》だ実感が伴《ともな》わなかった。疑いようもない事実なのにそれが空滑《からすべ》りをしている。信じたくないんだ、きっと。

弘文と別れる——ずっとオレが言っていたことで、そうなる覚悟も漠然としているつもりでいた。それでもそれはただ口で言っていただけのことで、まるで中身の伴っていないことだったと今になって実感させられる。

悲しいはずなのに——つらいはずなのにそれがわからない。心が自分のものであって自分のものではない——麻痺《まひ》しているような不思議な感覚だった。

こんな空虚《うつろ》な空白。少しずつ、少しずつ膨れ上がっていってた。

あの目。あの声。どちらも初めてのものだった。今までも弘文と喧嘩をしたことなんて何度もあった。けれど今回はそのどれとも違っていた——。

急にぴりっと心が引き攣《つ》れた。

そうだ。いつもはいくら言い合っても最終的には弘文が譲《ゆず》ってくれた。意地っ張りなオレの性格をわかって、どれだけオレが悪くても弘文が先に謝ってくれた。

友達なら喧嘩をしても元に戻れる。だけど恋人はそう簡単にはいかない。こんなことなら友達のままのほうがよかった。

どうして感情はこんなに厄介《やっかい》なんだろう。こんなに複雑なんだろう。

どうして好きなのにこんなに傷ついて、傷つけなきゃいけないんだろう。——失わなきゃならないんだろう。

——失う？

急にぞくっと背筋に震えが走った。

——そうだ。弘文と別れるということは弘文を失くすこと——弘文のいない生活をするということ。

今まで散々《さんざん》別れるだの終わりだのと言っておきながら、失うということは考えたことがなかった。

今までどんな喧嘩をしても、それで弘文と会えなくなると思ったことはないから。——でもそれはオレたちが友達だったからだ。今は違う。

考えてみたことがなかった。物心《ものごころ》ついてから倫紀と弘文がオレの隣にいるのが当然で——どんな時でもどちらかが必ずオレの側にいた。倫紀がオレから離れて別の人間と自分の生きる道をみつけてしまった今、オレには弘文しかいなくて——いや、倫紀がいても——オレには弘文しかいなくて。

愕然《がくぜん》とした。

テーブルに肘を突き、てのひらで額《ひたい》を支える。手が小刻《こきざ》みに震えるのを止められない。

――どうしてこんな当たり前なことに気付かないでいた？

どうなるんだろう。弘文がいない生活。たとえば今みたいな時間がずっと続いていくということ――。どんな時でもそばにある温《ぬく》もり、冷たさ、優しさ、つれなさ。どんなものであってもオレにとっては必要で――なくてはならないもので。

それを失って――失くしたままで生きていけるのか？

ふと視界がぶれた。

――あれ。泣いてるんだ、オレ。

何だか弘文のことではよく泣いてる気がする。他のことでは気が強いのに――こんなところ、篤《あつし》とか恭子《きょうこ》とかが見たらびっくりするだろうな。多分ラメ研の連中も。

情けないとは思わなかった。恥ずかしいとも。昔は男が泣くなんてみっともないと思ってた。だけど今は違う。男でも女でも泣きたいときには泣けばいい。嬉しいときは笑えばいい。自分の感情を殺しているほうがよっぽど格好が悪い。

――弘文。

オレ、やっぱり嫌だよ。あんたがオレ以外の人間と付き合うのは我慢できない。誰か他の人間といるのは許せない。オレ以外の人間を好きになるのはもっと耐えられない。

人の気持ちなんて誰にもどうにも変えられないってことはわかってる。こんなことを思う権利がないことも知ってる。だけどそれでも——どうにかしてオレを見て欲しい。オレだけを見て欲しい。

そのためなら何でもする。だから。だから弘文。戻って来てよ。——オレの前に帰って来てよ。

……いや。望むだけじゃ、待ってるだけじゃ駄目だ——帰って来させる。ここに。オレのいる場所に。

テーブルに所在無げに置かれていた鍵を取って立ち上がった。

今までオレは待ってばかりだった。昔からずっと。

喧嘩をしても弘文が謝ってくれるのを、オレのそばに来てくれるのを待っていた。肝心なところですべて弘文に委《ゆだ》ねていた。

でもそれじゃ駄目だ。自分の手で、口で、目で欲しいものを欲しいと意思表示しなきゃ、待ってるばかりじゃ駄目なんだ。

会ってはっきり言おう。弘文に好きな奴ができても、オレに飽きてしまっても構わない。それでもいいんだ——弘文が誰を見ていたってオレは弘文しか見られないんだから、——これから先、きっと一生。

もう遅いのかもしれない。だけどこの思いだけは伝えたい。

わかりきった簡単なことなのに、簡単なことほど難しい。それが今ようやくわかった気がする。

エレベーターに乗り込み、一階まで降りる。希見たちの部屋は隣の本館だから、一度下に降りてロビーから本館専用のエレベーターに乗らなければならない。

もしかしたらこのあたりにいるだろうかと喫茶店や売店を覗《のぞ》き、姿がないことを確認してからエレベーターに向かおうとしたオレの背に声がかかった。

「尚季？」

振り向くと希見が後ろから声をかけてきた。

「……ひとりか？」

すぐに問い質《ただ》したい逸《はや》る気持ちを抑《おさ》えて訊く。そうよ、と希見はうなずいた。

「お風呂上がったら結花が疲れたみたいで寝ちゃったの。退屈だし、売店でも行ってみようかなと思って。メモ残して来たから起きたら来るでしょ」

ふうんと喉で答えて、それからさりげなく口にした。

「——弘文は？　——部屋にいないのか？」

「中西くん？　いないわよ。いたらメモなんて残してくる訳ないじゃない。スキーの後戻ってきてから会ってないわよ」

その思いもよらない返答に、呆然《ぼうぜん》と希見をみつめた。希見はそんなことで嘘を言うタイプじゃない。

「じゃあどこ――」

予想外の事態に途方に暮れた。希見はつれない表情で呟いた。

「知らない。温泉でも入ってるんじゃないの？」

「だって希見のところにいないなら――」

「子供じゃないんだから好きなところに自由に行くでしょ」

今までの弘文の話題のときとはずいぶん態度が違う。素っ気ない口ぶりに訝《いぶか》しげな目を向けたら、希見にじろっと睨まれた。

「あのね、話題に気をつけてよ。私失恋したばっかりなんだから」

「――失恋？」

おうむ返しに尋ねると、あーあ、と本気だか冗談だかわからない様子でぼやき、希見は肩を落とした。

「見事に砕《くだ》けちゃったわよ」

顎で少し先のロビーのソファを指して歩き出す。抗《あらが》えない力で引かれ、オレもその後に続いた。

「――どういうことだよ」

「どうもこうもないけど」

鬱々《うつうつ》とした声。スプリングの利いたソファに深く腰かけて、おもしろくなさそうに息を吐いた。

「……スキーの合間にロッジの喫茶店でね、とりあえず一押ししてみたのよ。このまま中西くんと別れて東京へ帰っちゃうの寂しいなって。それくらいでこっちが言おうとしてること、わかってくれそうなひとじゃない？　そしたらね」

伸ばした長い足を子供のように交互にぶらぶら振る。

「『そうですか』よ、『そうですか』。——望みがないってはっきりしちゃった。気があるならそこでそれなりの反応するはずでしょ。遊び慣れてないひとなら戸惑ってるのかなって思うけど、中西くんに限ってそれはなさそうじゃない。がっかりしてつい訊いちゃったのよ、私ってそんなに魅力ない？　って。そしたら苦笑いして、実は長年の本命がついに手に入ったからって言うのよ。それまでは一晩限りとかいくらでも出来たし、来る者拒まずだったんだけど、その本命と付き合えたからもう他の子には絶対手を出さないんだって。それがその子に対して出来るせめてもの過去の償《つぐな》いなんだって。今までの行動が行動だけに信用がないからって」

希見がつまらなそうに長い髪をかき上げる。

「そう言われちゃったらもうどうしようもないじゃない。はあそうですか、としか言えないわよ」

「——弘文が？」

呆然とその告白を聞いているオレに目もくれず、希見はくさくさと話し続けた。

「ずっと狙ってたんだって。だから勿体《もったい》なくて簡単に手が出せないって言ってた。その子がいいって言うまで寝ない、ただそばにいるだけで幸せなんだって言うのよ。——あんな嬉しそうな顔されたらもうどうしようもないわよ」

ノロケよノロケ、と忌ま忌ましげに鼻を鳴らして眉をひそめる。

「尚季も知ってたんでしょ？　それなら先に教えてよね」

責める希見を前に、オレの頭は混乱していた。

——希見を拒んだ？　だって——そんなこと。

ありえない、と否定の根拠を考えようとしてふと心が止まった。

頻繁《ひんぱん》にかかってきた女からの電話。今までの別れのサイクル。セックスをしてないこと。

思い当たることはそれだけで——それもはっきりした証拠は何もなかった。自分で一方的に決め付けてるだけで。

一番の根拠はオレ自身——自分の思い込みと不安。

——信じられなかったんだ、オレは。弘文の気持ちが。——オレを好きでいてくれるのかどうか。それを知りたかっただけなんだ。愛されてる証拠が欲しかったんだ。

弘文。まだ叶《かな》うなら。もし、あのオレが言った言葉を許してくれるなら。オレたちはやり直せるだろうか。大丈夫だと思ってもいいんだろうか——？

それにしても、と希見が呑気に呟いた。

「中西くん、どこ行っちゃったのかしら」

それを聞いてはっと我に返った。それが今一番の問題だった。謝るにしても当の本人がいなければどうにもならない。希見のところにいない——まさか札幌へ戻ってしまったのか？　荷物もオレも置いたまま。本当に呆れて、オレに最終的に見切りをつけたのか——？　ぞくっと背中が震えた。

だけど、と心のどこかがそれに抗《あらが》うようにささやく。弘文はきっと戻って来る。それだけオレを思ってくれるなら、きっと。でもそれを覆《くつがえ》すほど、あのときのオレを許せないと怒っているのなら——？　そんな堂々巡《どうどうめぐ》りの内心の葛藤《かっとう》を知りはしない希見は、両手を組んで少し笑った。

「でもちょっと見直した、中西くん。惚れ直したって言えないのは残念だけど。ただの遊び人かと思ったらそうじゃないんだもん。格好いいわよね、あんなふうに言えるって。好かれてる子は幸せだよ」

そう言い、コーナーテーブルに飾られたピンクの百合《ゆり》を指先でいじる。

「——何かねぇ、今回のことでいろいろ考えて、それで思ったんだけど、好きって気持ちってとかげのしっぽみたいだなぁって」

「──とかげのしっぽ？」

突然の言葉に問い返す。そう、と希見がうなずいた。

「前に友達が、忘れたいのに忘れられない気持ちはとかげのしっぽみたいだって言ったの。もう止めよう、忘れちゃおうってその思いを断ち切っても、気がついたらまたそんな気持ちが生まれてるって」

両手を組んで膝《ひざ》に載せる。その薬指に光るリング。無意識にか、希見がそれをそっと撫でた。きっとその男にもらったものなんだろう。

「その時はわからなかったけど、今はわかる。私の気持ちもとかげのしっぽ。まだ彼のこと好きなのよ。本当はこの旅行、結花が彼氏と行くって楽しみにしてたの。でも当選の知らせが来てすぐ私が彼と別れて。──結構落ち込んじゃってたんだ、私。それで結花がね、ふたりで行こうって言ってくれたの。彼氏が都合悪くなっちゃったからって。そんなの嘘だってわかってる。でもその気持ちがすごく嬉しくて甘えちゃった。そうやって心配してくれてるひとのためにも、早く元気にならなくちゃって思って──それで誰か別のひとに目を向けてみようとして中西くんに声かけたけど、でもああ言われて目が覚めた気がする。本当に好きってこういうことなんだって──好きな気持ちってこんなに力強くて、ぶれないものなんだって。私も好きなら彼にちゃんと向き合おうって思った。今までは都合のいい恋愛をしてきたの。面倒くさくなると逃げてた。格好悪い目に遭《あ》うのが嫌だったし、そのときそのときが楽しかったらそれでいいって思ってたから。だけどわかったの。本当に好きならつらくても真剣に向かい合わなきゃ駄目だって」

何かふっきれたように希見は顔を上げた。

「だから、東京へ帰ったら彼に会うわ。会ってちゃんと本当の気持ちを言って、浮気なんてしないでって頼む。情けなくてもいいの、好きなんだから」

照れたように、けれどはっきりとそう言い切った希見の強さを羨ましいと思った。

多分オレの不安もとかげのしっぽなんだろう。何度切ってもまた生えてくる。でもそれでも、好きって気持ちがとかげの体なら。それでもいい。好きだから生まれる不安なんだから。

「——頑張れよ」

その言葉は希見だけにじゃなく、自分自身にも向けたもの。

「ありがと」

希見がやわらかに微笑んだ。

そうだよな。——頑張ろう。自分のために。弘文のために。

ふとざわめき始めた気配に顔を上げた。ロビーにいつのまにか大勢人が入ってきていた。体についた雪を払いながらフロントへ向かって行く。そのとき向こうから松浦が歩いて来るのが見えた。まだ寝ぼけた顔で、ふらふらと人波をくぐって来る。途中でオレたちをみつけ、寝癖《ねぐせ》がついた髪を揺らし、ほっとしたようにやって来た。

「思いっきり熟睡《じゅくすい》しちゃった」

えへへと笑い、松浦は希見の隣に腰を下ろし、しげしげと辺りを眺めた。

「混んでるよねえ。送迎《そうげい》バスがホントは四時着なのに遅れちゃったんだって。エレベーターで乗り合わせたおばさんたち文句言ってた」

寒いのか、松浦はセーターの袖《そで》を指先まで引っ張った。

「え、雪で？」

札幌の冬に雪で道が悪くなるのはつきものだ。尋ねた希見に松浦が首を振った。

「ううん、事故だって」

「バスが？」

希見が目を丸くする。違う違うと松浦は両手を振った。

「じゃなくて、乗用車。だから事故処理で道が塞《ふさ》がってたみたい」

——一瞬。上手《うま》く言えない何かがオレの心を掠《かす》めた。嫌な——ものすごく嫌な何か。

「その車って——色とかわかる？」

「んーと、黒のスポーツカーって言ってたかな」

聞いた瞬間ぞくっと身震いが起きた。背筋を氷で撫で上げられたような——。

「——弘文」

無意識に声がこぼれた。まさか。そう否定しても悪い予感は引いていかない。

「――そう言えば結花、中西くん見た？」

オレの不安に気付いたのか、そろりと希見が尋ねた。

「うん」

あっさり松浦がうなずく。

「どこで!?」

身を乗り出したオレにびっくりしたようで、ぱしぱし瞬《まばた》きして口を開く。

「――お風呂入りに行くとき。私電話してから行ったじゃない？　そのときに、ちょうどロビーで会った」

「中西くん、どこか行くって言ってた？」

「札幌――大通《おおどおり》って。すぐ帰って来るって言ってたけど、……まだ戻ってないの？」

状況を摑めない顔で松浦がオレたちを見る。

「探してた？　お風呂で希見に言おうかと思ったんだけど……」

希見と弘文の一件を知って、気を利かせて黙っていたのだろう。その配慮を責めるつもりはなかった。口許に手を当てて震えを隠す。奥歯がかちかち鳴っていた。

希見がそんなオレを見て眉をひそめる。

「まさか中西くんの車って――」

その希見の言葉がオレの不安を顕在化《けんざいか》させ、オレの体を突き動かした。

「――尚季くん⁉」

「落ち着きなさい！」

松浦と希見の声を振り切り、玄関へ向かって走り出した。ロビーを抜け、外へ出る。いつの間にこんなに積もっていたんだろう。すっかり暗くなった外は横殴《よこなぐ》りの雪が吹き付けていた。雪は顔や首に当たり、すぐに体温を奪う。寒いというより痛い。セーター一枚の体はすぐに凍えた。感覚はわずかな間で麻痺して、何も感じられなくなる。これだけの天気だ、出歩いている物好きはいない。強い風と雪に打たれながら、人気《ひとけ》のない駐車場に向かってオレは走った。山にぶつかり、唸るように響く風の音。それが余計に不安を煽《あお》る。

車さえあれば。そうしたら安心するんだ。すぐ帰って来るって言っていたんならもう戻っているってことも考えられる。あとは館内放送でも流して探してやる。

だから――頼むから、そこに。

雪に足を取られつつ、ホテルの裏の広い駐車場にたどり着いた。ざっと見渡す。――もう一度。今度は一台一台。かじかむてのひら。凍り付く頰。風に打ちつけられた髪が顔をなぶる。確認する車の数が少なくなってゆくのにつれて、オレの体が崩れそうになっていく。

事故が弘文の車だと決まったわけじゃない。黒のスポーツカーなんていくらでも走ってる。そう思うのに、いくら消しても消しきれない不安がオレにずっしりと覆い被《かぶ》さってくる。

――どうしよう。――もう二度と会えなかったら、そうしたら何も出来ない。好きだと伝えることも、謝ることも、尋ねることも――何も。

心臓を締めつけられるような苦しさ。涙があふれた。その場で足が止まる。雪に吹かれながら両手で口許を押さえて、漏れようとする嗚咽《おえつ》を殺した。

好きなのに。――こんなに好きなのに。その思いはどこへ行くんだ。

怖くて不安で何もわからない。考えられない。

失いたくないのに。それがようやくわかったのに。もう二度と会えないのか。触れられないのか。

どんなつらいことでも受け止めるから。だから。

弘文。会いたいんだ。謝りたいんだ。抱き締めたいんだ――。

そのとき不意に背から明かりが差し込み、クラクションが鳴った。振り向いたオレの目と耳に飛び込んだのは、雪を被った黒いスポーツカーだった。

ちょうどオレの真横で止まる。その中にいる人間をオレは凝視した。

「尚季？」

すぐにドアが開く。会いたいと――失いたくないと切望していた人間がそこにいた。

「どうしたんです、こんな天気に――」

車から降りようとした弘文をシートに強く押し返して、ドアを開けたまま弘文と向かい合った。

「……どうしたんですか、乗ってください、こんなに冷えて——風邪を引く」

吹き付ける風に負けないようにか、弘文が声を大きくする。そんな言葉を聞きつつ、ぼんやり口にした。

「——足、ちゃんとあるよな？」

でも幻《まぼろし》だっていい。弘文なら。——オレの元へ戻って来てくれたなら。

「足？」

何を言い出すんだとでも言いたげな戸惑いを浮かべ、コートを脱いだ。

「なきゃ運転してるはずないでしょう」

オレにコートをかけ、弘文が苦笑する。抱き付きたいのに。触れたいのに。それでもまだ怖くて。雪が殴り付けるように体に降りつけてくるけれど、寒さなんてもう感じない。きつく弘文のコートを摑む。訊きたいことを訊けなくて、言いたいことを言えなくて、したいことをできなくて、強張《こわば》った口が今必要じゃない情報を探る。

「大通なんて——何しに」

そんなオレの顔を見て、吹きつける雪をよけるように目をわずかに細めて、なんでもないことのように弘文が答えた。

「買い物ですが」

「——買い物……？」

その答えに全身から力が抜けた。そうですとあっさりうなずく。

あまりにもいつもと変わらない安穏《あんのん》なその顔を見ていたらなぜか無性に腹が立ってきた。

全然わかってないんだ、この男は。どれだけオレが心配したか、どれだけつらい気持ちでいたか——！

気付いたときにはオレは弘文の横っ面《つら》を叩いていた。

「尚季——？」

突然飼い主に叱《しか》られた犬のように、訳のわからない顔で呆然とオレを見上げる。

震える拳を握り締めて、オレは大声を上げた。

「このバカ——ひとがどれだけ心配したと思って——！」

ぼろぼろ目からこぼれてくるのは涙なんかじゃない。雪が目の中に入って溶けてるだけだ。

誰がこんな奴のために泣くか。

「もう帰って来ないいんじゃないか、捨てられたんじゃないかって——もう会えないんじゃないかって——！」

涙なんか出なくていいのに。堪《こら》えても堪えてもどうにも止まらなかった。自分の意思とは関係のないところで涙腺《るいせん》が作動してるんだ。

「もう勝手にしろ！　さっさと札幌でも帯広でも帰っちまえ！」

悔しくて、肩といい胸といい、手当たり次第に叩き付けた。凍えて震える手は思うように力が入らない。もっと強く叩いてやりたいのに——ちくしょう。

「——尚季」

声をかけた顔を、唇を噛み締めて睨み付ける。弘文は顔から笑いもからかいも消して、ただまっすぐにオレを見ていた。——逸らさない、真摯《しんし》な瞳で。大好きな——いとおしくてたまらない瞳で。

噛み付くようなキスをした。自分から。強引に。弘文が一瞬息を飲んだのがわかる。首に両腕をまわしてきつく抱き締めた。

「——ごめんなさい……っ！」

目からぼろぼろ涙がこぼれた。掠《かす》れた呻《うめ》きが口から漏れる。

「……嘘だ、好きじゃないなんて嘘だ。放っておけっていうのも嘘だ。全部全部嘘だ、……だから」

きつく力を込めた。全身から思いが伝わるように——この思いが届くように、そう願って。

「——っ、捨てるな——」

戸惑うようにオレの体を支えていた弘文の手に強い力が込められる。

「——捨てるはずありませんよ」

風の吹きつける音に混ざって優しい声が届く。あやすようにそっと耳元でささやかれたその言葉が、じわじわと心に染み込んでくる。

「うん……」

「そばにいます。ずっときみのそばにいます」

「――うん」

「一生守ります。僕に何があっても」

「――うん」

「もう不安にさせません。――大丈夫」

「……うん」

しゃくりあげながらうなずいた。風の痛みも雪の冷たさも気にならなかった。弘文の熱だけで充分だった。

信じていいんだな、あんたを。信じてくれるんだな、オレを。――これからも歩いていけるんだな、ふたりで。

しがみついたまま、オレは弘文の肩に目を伏せて涙を押さえていた。こんな幸せはきっとそうない。ちょっとは余韻《よいん》に浸《ひた》っていたい。しばらくそうしてから、宥《なだ》めるようにオレの背を叩いていた弘文がそっと声をかけてきた。

「――こんな幸せな状況を壊すのは非常に悔しいんですが」

ちいさく苦笑いをしてオレの耳元でささやく。

「続きは部屋に戻ってからにしませんか。きみが風邪を引くといけないし、ギャラリーがふたりいますので」

「もう、びっくりしたッ！」

これで何度目になるかわからない「びっくりした」を聞かされつつ、オレは部屋のヒーターの前でちんまりと座っていた。松浦が淹れてくれた熱い煎茶を啜《すす》り、上目遣《うわめづか》いに希見を見る。

駐車場で弘文が指摘したギャラリーふたりは氷の彫刻《ちょうこく》状態で固まって、呆然とおれたちを見ていた。弘文の言葉で我に返り、決まり悪い思いで振り向いたオレに、希見は一声《ひとこえ》「びっくりした！」と叫び、それを皮切りにその後は口を開くたびにその言葉を連呼している。

もっともそこに嫌悪が含まれているわけではなさそうで、純粋に驚いているだけのようだ。松浦はさほど驚いた様子はなさそうで、弘文が買ってきた桜餅《さくらもち》を食べている。希見より実はよっぽど肝《きも》が据《す》わっているのかもしれない。

「……そんなに驚くほどのことかよ」

照れと決まり悪さと。もそもそと反論の声を上げたオレを希見が睨んだ。

「ほどのことよ、ねえ？」

誰にともなく希見が同意を促《うなが》す口調で言い、とんとテーブルを平手で叩く。

「いきなり血相《けっそう》変えて飛び出して行ったから、慌てて部屋に戻ってコート着て、親切にも尚季の分のストールも持って外へ出て――そしたらあれだもんねぇ。心配して損《そん》したわよ」

ねえ、と松浦と顔を見合わせる。

「そうですか。それは失礼しました」

弘文がおっとり詫《わ》びた。それを聞き、希見は今度は弘文に向き直った。

「中西くんも中西くんよ、相手が誰か昼に教えてくれたらよかったじゃないの」

「人に教えるのは惜しいですから」

つらりとした顔で弘文が返す。

「やあねえ、もったいぶって」

鈴《すず》を転がすような声で松浦が笑う。そんなやりとりにたじろぎつつもオレもとりあえず反抗した。

「今までわかんなかったのかよ」

「わかってたら中西くんに声かけようなんて思わないわよ。何か変だなって思ったのは尚季が慌ててロビー出て行ってから。まさかと思いながら追いかけて行ったら――やられちゃったわよ、まったくもう」

そう言い深く息をつく。あまりの決まり悪さにオレは何も言えずにうつむいて、空《から》になった湯飲み茶碗をてのひらで遊ばせた。

事故は結局は当然弘文じゃなかった。それに加えてその事故自体はまるきり大したことはなくて、スリップして信号機にぶつかり、前を少しへこませただけだそうだ。ただ運が悪いことに轍《わだち》にはまって動けなくなり、それから抜け出すまで一方通行になってひどい渋滞になったらしい。目撃者が言ってるんだから間違いありませんと弘文が笑って教えてくれた。その車は札幌へ向かう車で、ちょうど札幌市内から定山渓へ向かってきた弘文はその反対車線を通り過ぎて来たそうだ。バスが遅れたのは事故のせいと言うより基本的に吹雪のせいだと思いますが、と苦笑して弘文は付け加えた。……ちくしょう、ガセネタババアめ。

「大体ね、黒いスポーツカーなんてごろごろ走ってるじゃないの。それを中西くんの車だって決め付けちゃうんだから、ホント相変わらず自分を中心に世界が回ってるって言うか、思い込みが激しいって言うか……」

希見と松浦からその話の顚末《てんまつ》を逐一《ちくいち》知らされた弘文は、またですか、という顔をしてオレを見た。はいはい、どうせオレは過去にも似たような勘違いで痛い目みてるよ。

でも、と両肘をテーブルについててのひらで顎を支え、考えるふうなまなざしで希見は天井を睨んだ。

「……確かに考えてみたらヒントはあったわけよね。こういうところへ来るふたり連れならカップルじゃないかって、私が自分で言ってたもんね」

やられた、と軽く両腕を上げて、そのまま後ろに倒れ込む。座椅子《ざいす》の背がちょうどいい具合にその後ろ姿を受け止めた。

「中西くんの長年の片思いっていうのも誰だろうって思ったけど、今ならわかる気がする。尚季が相手じゃね、無理ないわ」

なんだよ、それ。そんなにオレが鈍いって言いたいのかよ。

「……文句なし。まさに完敗よ」

そう呟いた希見はさっぱりした顔をしていた。それからオレを見て、悪戯っぽく笑う。

「性格悪くても女癖悪くても勝手でも、最高の恋人じゃない」

そういうことばらすなよ。弘文の無言の視線が痛いんだぞ。

「それはそうと——あんたたちのこと、伯母さんたちは知ってるの？」

のんびりと希見が問いかけてくる。別にばらしてやろうとかそういうニュアンスではなく、あくまで単なる疑問形だ。

「いや、倫紀だけ」

そう答えたオレの言葉を補《おぎな》うように、弘文が口を開いた。

「別に知られてもいいんですが——今余計な騒動を起こすと尚季がヒステリーを起こして、もう止《や》めるだとか言い出してしまいそうなので。もう少したって、すっかり僕の気持ちを信じきるようになってからのほうがいい気がしてまだ伏せてあります」

「そっか、まぁ確かに賢明《けんめい》ね」

どこか感心したように希見が言った。その直後、オレを見て小馬鹿にしたようにくすっと笑ったのは気のせいか？

「わかった。黙ってる」

お茶を一口含んで希見がこちらを見上げた——何か企《たくら》んでいそうな目で。

「その代わりね——」


「……わっかんねえな」

風呂から戻り、冷えたビールの缶を手にして首をひねった。

「何がです？」

ビールのプルタブを引いて、のんびりと弘文がオレを見る。

「希見」

答えると、ああ、と思い出し笑いを浮かべて弘文はビールに口をつけた。オレは畳に両足を伸ばして座り、空《あ》いた片手を畳についで息を吐き出した。見えるのは昨日よりいくらか低い天井だ。

交換条件、と言って希見が持ち出したのは部屋の交替《こうたい》だった。

（一度スイートに泊まってみたかったのよねぇ）

うっとりと部屋を見渡して希見がオレたちに微笑みかけてきた。その申し出を弘文とオレは了承し、松浦と希見がオレたちの部屋へ、オレと弘文が希見たちの部屋へ移動したのだ。それは恐らく――まあ半分は本当でも、残り半分は希見なりの配慮だと思う。わざと口止めさせるようなことを言わせて、口止め料を取った。そうしたらさっきの騒ぎで希見たちを心配させたというオレの引け目が軽くなると考えたんじゃないか。それから彼氏との約束を反古《ほ ご》にして自分に付き合ってくれた松浦へのせめてもの感謝。それがわかっているから、オレもそれを受け入れた。

本館のこの部屋は新館の特別室と比べるとやっぱりずいぶん差があった。別にひどいわけじゃないけど、当然一部屋だし、古いし、家具や調度品なんかも質が違う。今下げてもらった晩飯もやっぱり昨日のほうが美味《うま》かった気がする。廊下の音も結構聞こえるし、畳もちょっと擦《す》り切れ気味だ。

「……伊達《だて》に特別室じゃなかったんだなぁ」

思わずもれたつぶやきに弘文が笑った。

「もう一部屋とりますか」

「いや、別にこっちが嫌だとか言うんじゃなくて」

慌てて否定した。わかってますよと弘文が目を細める。

「――ごめんな、せっかく用意してくれてたのに」

オレは自業自得《じごうじとく》と言うか、そもそも連れてきてもらった立場だし、どんなところでも構わない。でも弘文は招待してくれた立場でオレに付き合ってこれだもんな。いくら良心のないオレでも痛むところは痛む。

「別に僕はどこでも構いませんよ、きみと一緒なら」

――まったくもう。そういう不意打ちの言葉は厳禁だ。――とか思いながら嬉しいオレも情けない。

続けて弘文はやわらかにささやいた。

「気にすることはないですよ。――実は彼女には僕も借りがあるんです」

「借り？」

尋ねたオレに、弘文はちいさくうなずいた。

「覚えてませんか、十年近く前ですが――彼女と一緒に川で遊んでいて、きみが流れに巻き込まれて溺《おぼ》れかけて」

忘れるも何も。嫌でも記憶に残ってるよ。

「あのとき僕はきみから離れていて――すぐに泳ぎ出したんですが、結局一番早くきみをつかまえたのは僕でも倫紀でもなく、彼女なんですよ」

「――希見が？」

まさに青天の霹靂《へきれき》――簡単には信じられないことだぞ、これは。だって今まで誰もそんなこと言ってない。半信半疑のオレを見やり、弘文は話を続けた。

「尚季が自分を嫌っているのはわかっているから言わないでほしいと頼まれたんですが――さすがにもう時効《じこう》ですね。あのときは本当に悔しかった。きみを助けたのが自分じゃないことが――。でも同時に彼女にはものすごく感謝したんです。きみの命の恩人ですから。彼女はきみを実の弟みたいに可愛がってますしね。帯広へも倫紀にちょっかいを出した時のきみの反応が楽しくて来ていたと言ってましたよ」

穏やかな表情で弘文が浴衣の襟《えり》を正した。

そうだったのか。――全然知らなかった、そんなこと。明日会ったら希見に礼を言おう。きっとオレも照れくさいし、希見も思いきり面食《めんく》らうだろうけど。そのときの希見の表情が目に浮かんで、オレはひとり軽く笑った。希見の波乱のジンクスはやっぱり健在だったたってことで、でもこんな感じならいいかもしれない、なんて思った。同時に頭にふと推測が浮かんだ。

「――もしかしてさ」

弘文の浴衣の袖を引き、そろそろと顔を覗き込む。何ですか、という目をオレに投げかけてきた。

「希見と松浦に優しいのって――希見がオレの従姉だから？」

尋ねたオレを、何を今さらといった顔で見返してくる。

「他にどんな理由があるんです？　本当なら折角《せっかく》きみとふたりで来ているんだから、他の人間を構ってなんかいられませんよ」

冷たいまでのきっぱりした物言いに、照れるのを通り越して唖然《あぜん》とした。――そうだよな。そういう人間だよな、あんたは。人として最低でも、オレにはひどく嬉しい。

「……でもそれだけにしちゃずいぶん優しかったじゃんかよ」

妬《や》いているのを悟られないように、不機嫌な口調で責めた。弘文はおだやかな目でオレをみつめ、それから静かに口にした。

「――恋人と別れたばかりだと聞きましたから。あまり冷たい態度もできないでしょう。さすがに僕にも同情する気持ちくらいありますよ。もっとも優しすぎると逆に残酷ですが」

あれでも充分優しすぎてるよ。そうぼやいたら、そうですかと意外そうな顔をされた。

――そうだ、弘文は基本的に恐ろしいまでのフェミニストなんだよな。女に対する優しさが骨の髄まで染みついている。これはもうオレも女も気の毒としか言いようがないってことか。これから先、何度となくイライラしたりするんだろう。そのたびにぶつかって、怒って、喧嘩して。でもそれでも――どれだけひどい修羅場《しゅらば》になっても。それでもオレたちは絶対に大丈夫だ。――それがはっきりわかった。

ビールを嘗めつつ納得する。そんなオレに、弘文はくっとちいさく微笑んだ。

「──こうやってきみを妬かせてみたいっていうのもほんの少しはあったかもしれませんが」

「……この根性悪《わる》──！」

そうですよ、とあっさり認めてオレを見た。

「ひどい男なんです、僕は。きみのためならどんな汚い手段でも使う──昨夜もきみが僕とふたりになるのを恐れていたようなので、わざとふたりを誘いました」

だからそのお詫《わ》びも込めて彼女には誠意を尽くした対応をしているつもりですが、とさらりと流す。

さすがの弘文の行動に、オレはあんぐり口を開けた。……ひどい男だ。他人の気持ちなんてお構いなしで、利用できることは利用して。だけどもっとひどいのは、そんなことを言われてちょっと嬉しがってるオレだ。

今はどんな言葉も素直に受け止められる。弾《はじ》き返さずに、まっすぐに聞き入れられる。

照れ隠しに乾きかけている髪をタオルで荒く拭いた。冷えきった体は風呂ですっかり温まって回復した。今日はさすがに土曜で風呂場も混んでいて、弘文と一緒に入っても昨日みたいなことにはならなかった。

「──って」

しゃにむに拭いていたのが良くなかったらしい。タオルを取って指で梳こうとしたら絡まった。

「なに子供みたいなことしてるんですか」

苦笑して弘文が手を伸ばしてきた。子供扱いされるのは癪《しゃく》だけど、オレは渋々《しぶしぶ》自分の手を下ろして弘文に任せることにした。丁寧に絡まりを解きながら弘文が問いかけてきた。

「……本当に切るんですか」

「え——？」

「髪」

——そうだ。昨日切るって宣言したんだっけ。

「きみの意思ですから僕は口を出しませんが、本当に似合っていますよ」

「でも——」

口ごもってしまったのは理由が理由だからだ。この髪で弘文と女との接点を感じて妬けるからだなんて言えっこない。そんなオレを促《うなが》すように、弘文がオレの髪を撫でた。

「……女みたいじゃん」

ぼそりと答えた。弘文は一瞬目を見開いて、それから破顔《はがん》した。

「こんな女性いませんよ」

「だってさ」

ムキになってオレはついその理由を話してしまった。なにを言っているんだろうとは思ったものの、一旦口をついてしまうと止めようがなかった。

途中から手を止め、じっとオレの話を聞いていた弘文は、オレが話し終えるといきなり強く抱き締めてきた。

「ちょ――弘文？」

慌てたのはオレだ。胸の中でもがく。まさか突然こうされるとは思っていなかったから。

「……なに考えてるんですか」

情けなさを隠しきれない声。けれどそこに呆れた感じはなくて。

「どうしてそんなくだらない発想になるんですか」

「くだらないって言うけどな、オレは真剣に考えて――」

「真剣すぎます。大体気になったことはひとりで抱えこまないで僕にちゃんとぶつけてください」

「……じゃ言うけど。――あの電話の女、誰だよ？」

口にした瞬間きゅっと心は痛んだけど仕方がない。うやむやにできることじゃないから。

ここで修羅場になるのも嫌だけど、それならそれでもいいと自棄《やけ》になってオレは口を開いた。

心のどこかで関係ないと――弘文の浮気相手なんかじゃないと信じているからだ。言葉にすることができたのは今手にしたオレの自信、オレの強さ。

そうだ、この感覚が欲しかったんだ。弘文の言葉をそのまま疑わずに信じられる自信が。

「電話の女性――？」

誰のことです、と訝《いぶか》しそうに弘文が眉を寄せた。

「何回かかかってきたんだよ、夜に。全部同じ女で――村上とか言う」

その名を告げた途端、弘文は突然笑い出した。

「――なんだよ」

その思いがけない反応に戸惑いながら食ってかかっていった。

「まさか従姉妹《いとこ》だとかただの友達だとか言うわけじゃないだろうな」

「……違います。親戚でも友人でもない」

笑いをおさめて弘文がオレをじっとみつめた。

「――実は月末にラメ研で小旅行に行くことになったんです」

「は？」

いきなりの話の流れについて行けない。はぐらかす気ならそうはさせない。力を込めて思いきり睨みつけた。

「きみはずっと部会に出ていないから知らないかと思いますが。まあ知られても困るんですけどね。内緒で事を進めてたんですから」

苦笑いで話す弘文に文句ありの目を向けた。

「何でだよ――」

まさかオレ抜きで行くわけか？　いくら作原と合わないからってそれはちょっと寂しいだろうが。一気にむくれたオレの頬に楽しげに触れてくる。

「そもそもＤの活動終了に合わせて、僕たちラメ研メンバーでもきみの功労会《こうろうかい》をしたいという話がありまして」

「功労会？　なんだ、それ。Ｄの打ち上げならこの間秀《しゅう》たちとやっただろ」

「それとは別で、僕と倫紀が抜けた後をしっかり埋めて頑張ったきみにラメ研から何かご褒《ほう》美《び》があってもいいのではないかというのが発端《ほったん》です。言い出したのは作原くんなんですが」

「作原が――？」

思いも寄らない人物の名を聞かされて目が丸くなる。

「ええ、あのライブを見てすっかり感動したようですよ。それと追いコンとを合わせて、今回はちょっと特別版ということでドライブがてら旅行に出ないかと。もちろん僕に異議があるはずもなく、全員拍手で決定となりました。ちなみに行き先は函館です」

だからかよ。――だからオレがあれだけ行きたいって言っても躱《かわ》してたのかよ。

やられたな、と苦さと甘さが二対八の割合の笑みが口に上った。

行き先を決めたのは絶対に弘文だ。オレが函館に行きたいって知ってるのは弘文だけ。

やられたと言えば作原もだ。――ちくしょう、こんなことでオレはほだされたりしないからな。だけどとりあえずあいつで鬱憤《うっぷん》ばらしをしてやろうと思ったのは止《や》めてやろう。

「村上さんはお世話になる温泉の若女将《わかおかみ》です。以前うちの病院で仕事をされていたんですが、結婚してそちらに行かれまして。サプライズパーティーなので、打ち合わせの電話では僕以外の人間が出たときには身元は明かさないでくださいと頼みました。きみに知られてしまっては元も子もありませんから」

――なんだ、そういうことか。すべてを知って体から力が抜けた。

「……つまり結局すべてオレの思い込みだったってことか？」

「まあそうでしょうね」

平然と弘文が返す。

「きみはいつも何でも自分で決め付けて自己完結してしまうんですよ。何のために僕がいるんですか。僕はきみを不安にさせるための存在ですか」

そうささやき、両手で頬を包んでオレを見る。優しい瞳。

「……何だよ」

その目から逃れるように軽く伏せた。――変なの。情けないのに嬉しい。

「何でもないです」

「なら見るなよ、そんなマジマジ――」

そこで言葉がとぎれたのは、弘文の唇にふさがれたからだ。ゆっくりと唇を離す。真顔で正面からオレを見る。

「——過去は消せないし、変えられないんです」

その声が思いがけず真剣で、無意識にオレも背筋を正した。

「僕が女性関係に関して、きみから信用をまったくされていないことはわかっています。そう思われても仕方がないことも納得ずみです。だから今回のことはきみの思い込みだと一方的に責めることはできない——そう思わせた原因が僕にもあるということは確かですし。ただそうしなければきみを目茶苦茶にしてしまいそうだった。ゆっくりきみを手に入れようと思っていても、ときには感情に勝てない衝動《しょうどう》が起こることもありますから。それを抑えこめるほど僕は大人じゃない」

微《かす》かに困ったように眉が寄せられる。

「嫉妬《しっと》もすれば欲望もある。僕は極めて俗《ぞく》な人間です。だから付き合う女性はすべて割り切ってくれる相手を選んで来ました。期間を決めていたのは情が出ると困るからです。目当ては何でもいい、精神的なもの以外なら。それだけが僕が彼女たちと付き合う基準でしたし、精神的なつながりを求めて声をかけてくれた女性には初めから断ってきました。それが僕なりの誠意です——きみにも、相手の女性たちにも。もっとも本当は基本的なところで解決しなければ一時凌《いちじしの》ぎにしかならないんですけどね。今回きみにそっぽを向かれて疑われたのはその長年のツケかもしれません。——でもこれだけは信じて欲しい。きみに好きだと言ってからは誰とも寝ていません。以前の僕ならはっきり言ってまったく考えられないことですが」

軽く笑って目を細める。

信じるよ。――信じられるよ、あんたの言葉が。幸せが広がってく感じっていうのはこんな気分なんだろう。

「きみとは急ぎたくない。先は長いんですから――きみが嫌がっているうちは手を出しません」

「その割には場所を選ばないでちょっかいかけてくるくせに」

昨日のことを思い出し、嫌味混じりに言ってやったら、心外な、という顔をされた。

「選んでますよ。それ以上は出来ない場所です。運転途中でも温泉でも、さすがにあれ以上はできないでしょう？」

弘文が堂々と言ってのけた。……開《あ》いた口が塞がらないっていうのはまさにこういう状態なんだろう。どういう基準だよ、まったく。

「きみはまだ僕と寝ることに対する抵抗があるようですし。確かに初めてセックスする相手が同性というのは申し訳ないような気がしますから無理強《じ》いはできません。かといって誰か女性を紹介するわけにもいきませんしね。限界はあると思いますが、とりあえずどうにかやり過ごしてますから大丈夫ですよ」

「――このバカ！」

がっと弘文を突き放して立ち上がった。

「自己完結してるのはそっちだろうが！　そんなことでオレの意思なんか尊重するなよ、好きなら無理やりでも押し倒せ！」

は、と呆然として弘文がオレを見上げた。

「オレの性格なんて嫌《いや》っていうほど知ってるだろうが！　自分からさあどうぞなんて言うかよ、いいと思ってもそれを素直に言う性格かよ！」

それ以上は口にする必要がなかった。立ち上がった弘文にきつく抱きすくめられていた。

「……どうして僕はきみの肝心なところがわからないんでしょうね」

呻《うめ》くように耳元でささやかれた。急にしんとなった部屋の中、その声だけがやけに響いた。

唇が刻印《こくいん》をつけるようにゆっくりと首筋に埋められる。

切れそうになる息を堪えて減《へ》らず口《ぐち》を叩く。はい、と答えた弘文の返事を耳ではなく肌で聞いた。

「……覚えろよ」

――切り札を失くすんだな。

そのくちづけを受けながらそんなことを思った。後悔はしていなかった。切り札は使うときに使わないと意味がない。出し惜《お》しみをしてしまい込んでいると逆に自分の足をすくわれることになる。出すタイミングが一番重要で――。そしてオレの本能が、今がベストだと告げていた。

弘文の唇が喉元に滑る。浴衣が肩から落とされる。むき出しになった胸元に顔を埋《うず》めた弘文の髪を摑んだ。

「――ぁ……んっ」

深くくちづけられて自然と喉が反《そ》る。微かに漏れた声。それが受諾《じゅだく》のサイン。

「――今日は途中でやめませんから」

這い上がってきた唇がオレの口を深くふさぐ。

「……限界なんて本当はとっくに過ぎてる」

くちづけの合間のどこか切羽《せっぱ》詰まった押し殺すような声――これ以上に情熱的な響きはきっとない。

「――うん」

うっとりと目を閉じて、オレは弘文の頭を抱え込んだ。


廊下を走り回る子供の声が響く。楽しげにはしゃいで、ばたばたと行ったり来たりを繰り返している。いくらまだ八時すぎでも、公共の場でここまで走らせるなんて親のしつけがなってないだろう――そう文句を言いに行きたくても行けなかった。今の状態では。

「……集中できませんか」

弘文が横たわったオレの上から見下ろして、小声で尋ねてきた。その視線を感じながら、けれど見返すことは出来なくて、瞼を軽く伏せたまま、いや、と呟いた。

正直外なんて気にしている余裕はない。ただふっとした拍子に耳に飛び込んでくる音が、ドア一枚隔てたところに広がってるごく日常的な光景と、この部屋の中で起きてる出来事のギャップを感じさせて、身が竦《すく》みそうになってしまうのだ。なんだかとてつもないことを自分がしているような気になって。

きみは何もしなくていいですと最初に言われたけど、実際出来そうにない。みっともないことに、弘文がすることを受け止めるだけで精一杯だった。

弘文の唇は、今左胸にある。ちょうど心臓のあたり。

はだけた浴衣の真っ平らな胸の上にある、小さな突起。男の胸になんて何のためにあるのかわからないそれを、弘文はさっきから指と口とで丹念に愛撫《あいぶ》していた。

「――どけろよ」

乳首を舌先で転がす弘文の頭に手をやり、低く命じた。弘文がまなざしをすいとオレに向けて問いかけてくる。

「痛いですか」

そういうわけじゃない。ただ鼓動の速さを聞かれてしまいそうで、どこかへ動いてもらいたかった。――そしてそれよりも、そんなところを触られてやたらに感じていることを気づかれたくなくて。

まさか胸を触られて気持ち良くなるだなんて思ってもみなかったから――男の自分が。

……っていうか、胸だけじゃなくて、弘文が触ったところすべてから鋭かったり鈍かったり、いろんな快感が湧き上がってきてる。

そういうものなんだろうか――セックスっていうものは、好きな相手と肌を合わせるって行為は。

ものすごい緊張と高揚と快感がごちゃ混ぜになって体中に満ちている。今までどんなときにも味わったことのない感覚。初めてのライブでステージに上がったときも、倫紀を追いかけ回してたときも、一度も感じたことがなかったもの。そしてそれに比例して、弘文を恋しいと思う気持ちも今まで以上に高まっていく。

だけどやっぱり、素直にそんな思いを伝えられはしなかった。

「馬鹿じゃねえの、男の胸なんか弄《いじ》ったって面白くないだろ。大体オレだって痛いだけで全然良くなんかないっての」

照れのあまりつい加速した憎まれ口でごまかそうとしたものの、弘文にそれは通じなかった。それは失礼しましたと空々しく片眉を上げ、からかいたっぷりの視線でオレを見る。

「――僕はこの上なく楽しいですよ？」

ちいさく笑った弘文の手が、やっとオレの胸から離れる。ほっとしたのは本当に一瞬――その手は違う部分に動いた。

「……っ！」

オレの快感をはっきりと示している場所――するりと下着の中に弘文の手が滑り込み、そこに触れる。

「きみもそれなりに楽しんでくれているとばかり思っていたんですが」

皮肉げな瞳でささやき、弘文はゆっくりと手を動かした。あ、と上がりそうになった声を慌てて噛み殺す。

さっきからみっともないくらいに勃ち上がっていた。浴衣の前は完全にはだけてる状態だから、当然弘文にも気づかれていたはずだ。それでも何も言わずにいたのはいくら弘文とはいえデリケートなことだから触れずにいるんだと思っていたけれど、やっぱりこの無神経男にはデリカシーなんてものはなかったらしい。

「どうですか、――これも気に入らないの？」

手を動かしつつ、意地悪く甘く耳元で問いかけてくる。

弘文の手は動きも強さもやんわりしていた。もっと強力な刺激が欲しいのに与えてくれない。軽く擦るだけ――まるきりの生殺し。

「今度は痛くないように気をつけているつもりですが。幸いきみがたっぷり先走りのぬめりを出してくれているおかげで、ずいぶん滑りもいいですし」

「――だからそういうこと言うなって……っ！」

思わず弘文を突き飛ばし、立ち上がっていた。

「なんでそういうこと――っ」

強烈な恥ずかしさに駆られて責めた。

いくら恋人になったからといっても弘文の意地の悪さが減ることなんかないんだと痛感させられた。怒りと羞恥《しゅうち》と悔しさが心の中で弾け飛ぶ。

「どうしてですか？　僕は事実を口にしているだけですが」

ゆっくりと立ち上がり、オレの向かいに立ってしれっと返してきた弘文をきりきりと睨みつけた。唇が震える。――もういやだこいつ、最低だ！

「……そっちは余裕があるだろうけどな、こっちは初めてでいっぱいいっぱいなんだよ！　わかれよ、それぐらい！」

自分でも何を言おうとしているんだろうと思う。

だけど腹立たしさの裏でわかってもいた――弘文だけが悪いんじゃない。緊張しきったオレが弘文を傷つける言葉をぶつけたから、弘文も怒ったんだ。痛いだけだの馬鹿だの、こんな行為をしてる最中にそんな言葉を相手から投げられたら誰だって傷つくはずだ。

心の中でちいさく深呼吸した。――そう、オレも悪い。オレもデリカシーに欠けてた。

ごめんと口を開きかけたとき、そっと目元に唇を落とされた。自分が半泣きになっていたことに、それで初めて気づかされる。

「すみません、調子に乗りました。きみが可愛くてつい苛《いじ》めすぎた」

歯の浮くような詫びの言葉。真顔で言うから嫌になる。——多分本気でそう思ってるんだろうってことも伝わってくるから余計に。

何も喋れなくなって、謝りの言葉も伝えられなくて、すいと視線を横にそらす。そんなオレの頬を弘文はやわらかく撫でた。

「僕だって余裕なんかありませんよ、ずっと好きだったきみとようやく抱き合えてるんですから」

ほら、とオレのてのひらを左胸に運ぶ。

「心臓がすごいことになってるでしょう？　初めてセックスしたときだって、もっとずっと余裕がありましたよ」

「……どうだか」

いくら反省しても素直になれない自分が情けない。だけど確かに伝わってくる——弘文の鼓動。——弘文でも興奮するんだな。オレで、興奮してるんだ。なんだかやたらに胸が熱く、甘ったるくなった。……これは多分、弘文を欲しがる心と体のしわざ。

「——続き」

目を逸らしたままぼそりと言い放った。え、と弘文がちいさな声をもらす。

「するぞ」

なんだってこんなに横柄なんだと我ながら不思議だけれど、今さら変えようがない。顔を上げ、居丈高にそう命じたのと同時に、弘文の首に腕をまわしてキスをした。

経験のないオレにはテクニックなんかこれっぽっちもない。ただ唇を押し付けるだけだ。それでもそんなキスに込めた思いを弘文はちゃんと感じ取ってくれたらしい。

「……本当にきみは」

たまりませんね、と困っているような怒っているような呟きを、弘文はキスの合間に吐息混じりにもらした。両耳のあたりを両手できつく押さえられ、くちづけられる。

弘文の舌は、指先と同じくらいに自在に動く気がする。絡まれ、追われ、逃げ、追いかけ、また絡み合い——経験のないオレにはとても追いつけない。しかも悔しいことに、やたらと気持ちいいのも事実で。

「あ——っ」

思わず声が上がる。弘文の手が、またオレの下腹部に伸びていた。今度はある程度しっかりした強さで動く。すっかり張り詰めたそこは刺激を欲しがっていた。そんなことは当然見通しているだろう弘文は、緩急をつけた動きで扱《しご》く。

「……いい、しなくて」

これ以上されたらもう駄目だ――弘文の肩においた手に、ぐっと力を込めた。さすがに弘文もその理由を訊いてはこなかった。代わりに自分のひとさし指を舐めた。

ただ指を舐めてるだけなのに、わざとなのか、それとも無意識になのか、なんだかやけに舌の動きがなまめかしい。見ているだけでなんだかおかしな気分になってしまうほどに。

「それ、入れるんだよな――？」

ぼんやりと目を向けて訊くと、弘文がうなずいた。

「馴らしてからじゃないときみがつらい」

「――いいのに」

ぽそりと弱いつぶやきがこぼれた。弘文がオレに訝しげな視線を投げかけてくる。

「……そのまま入れちゃえよ」

しがみついて命じた。

「弘文ならいいから――、どんなになっても構わないから」

自分でも訳がわからなかった――一度も経験がないんだから、入れたいだの入れられたいだの、そんな感覚はオレにはわからないと思ってた。なのに今、体中を弘文で満たされてしまいたくなっている。

「……きみは僕を殺す気ですか？」

至近距離から睨み、弘文がちいさく呻いた。

「さっきから本当に心臓がおかしくなりそうだ」

かすかに震える息を吐いて責める。なんで、と問いかけようとした唇は熱いキスでふさがれた。

「——大事なんです」

少ししてから唇を離し、弘文が言った。

「きみを絶対に傷つけたり、苦しがらせたりしたくない。……これでも相当自制して抑えてるんですよ。その努力を無駄にさせないでください」

耳元に口を寄せて訴えてくる。その響きから、弘文がどれだけオレを大切にしているか今さらながら伝わってきて、なんだか不意に泣きたくなった。

「……おれだって大事だっての」

そんなつもりはなかったものの、つい拗ねた口調になった。

「あんたが一番大事だよ——、どうしてくれるんだよ、倫紀以上に大事だなんて」

わずかな間のあとで、本当にもう、と弘文が舌打ちした。

「これ以上喋らないでください。理性がもたない」

悔しげに命じ、耳朶《みみたぶ》をやんわり噛む。続くキスでオレの体の芯を蕩《とろ》けさせた。

「……あっ」

殺していた声がとうとう漏れた。

弘文の指はさっきから抜き差しを繰り返していた。うつぶせになった自分の体が立てる湿った音がこの上ない羞恥を誘う。

――嫌なだけなら、気持ち悪いだけならはっきりそう言えるし、拒否できる。弘文の指先は自分でも知らなかったオレの内側の快感のポイントを的確に探り当て、そこを刺激し、オレはシーツを掴んでその波をやり過ごしていた。

「――もう、入れろ」

切れ切れの訴えは拒否された。代わりにちいさなキスが背中に降る。

「もう少しですから」

何がもう少しだっていうんだ――どうでもいいからもう止めてくれ。まるで甘い拷問《ごうもん》。いっそ全神経を麻痺させてしまいたい。

「……明かり、消せよ」

「嫌です」

部屋が暗ければ少しは羞恥も紛れるかと頼んだのに、それはあっさり却下された。

「きみのすべてを見ていたい」

「このバカ……ッ」

罵《ののし》りも力が入らない。弘文の指がうごめく箇所に意識が集中している。

やがて弘文がようやく指を引き抜いた。

「――先に謝っておきます」

オレを仰《あお》向《む》けに横たわらせ、弘文が言った。

「多分つらい思いをさせると思います。僕としてもきみが相手だとどこまで自分をセーブできるか自信がない」

「……だからって止める気ないんだろ」

鼻で笑って言い返してやる。弘文は苦く笑った。

「ええ――申し訳ないんですが」

オレも覚悟はしていた。どんなことになっても、どれだけの痛みを感じても仕方がないと。その痛みがきっと、オレに自分の選択の是非を無言で突き付けるはずで――イエスと答えたいから、だから弘文を受け入れたかった――痛みごと。

「……もっとゆっくり可愛がってからと思ってたのに我慢できない。すみません、このあとでちゃんと埋め合わせはしますから」

弘文が深い息をついた。やけに色気のある吐息にぞくりとさせられる。

今まで散々経験を積んできたはずの弘文がこれほど切羽詰まっている――オレを欲しがってる。その事実がたまらなくオレを興奮させた。

唇が唇に重ねられた。今までのキスとは違っていた。これから起きることを予想させるような、深い深いくちづけ——自在にうごめく舌がオレの口の中を探る。その動きに応えようと、オレも出来るかぎりに舌を動かす。合わせた唇からすべてを奪い合うように。

まもなく弘文がゆっくりと体を沈めてきた。

「——っ!」

全身が意識のかたまりになっていた。弘文を受け入れた箇所は、ついさっきまでの愛撫の甲斐《かい》もなく固く収縮する。

「……もう少し力を抜いてもらえますか」

弘文も苦しいのか、かすかに眉を寄せている。

無意識のことで、オレもどうしたらいいのかわからない。受け入れる覚悟はついていたけれど、その方法がわからなかった。ただ緩く首を振った。

弘文は体の動きを止めて、じっとオレをみつめた。

「——すみません、……こんなつらい思いをさせたかったわけじゃない」

「わかってる——」

掠れた声で答えた。

——確かに痛くてつらくて恥ずかしくてどうしようもないけど——でも不思議とちょっと誇らしかった。弘文にこんな顔をさせられるのはオレだけだ——この熱を受け入れられるのも。

「――あれ」

ふと目を向けて、そんな場合じゃないのになぜか今更それが気になった。弘文は浴衣を着たままでいた。もちろんずいぶん着崩れてはいるけれど。対するオレは当然何ひとつ身につけていない。

「……脱げよ――」

そう言って弘文の襟元を引っ張った。いきなりの注文に弘文は一瞬何のことかわからないような面持ちになり、それからああ、と気付いて自分の浴衣を見た。ふたりでいて、自分ひとりが裸でいるのはひどく決まりが悪い。水着を着た人間と一緒に温泉に入っているようで。ふたりとも裸ならいいけれど、ひとりだけだと自分が何も身に着《つ》けていないのだということが嫌でも意識されて、それが妙に居心地が悪くて恥ずかしかった。

「嫌です」

きっぱり拒まれて、どうして、と目で問い返した。

「――脱がないほうが色気があってそそられるでしょう」

何言ってるんだ、こいつは。――どんな格好だってそそられるよ、とは口が裂けても言えないけど。

弘文はそんなオレの耳元に口を寄せると、重大な秘密を告げるように、実は、とささやいた。

「……まだ蒙古斑《もうこはん》がありまして」

「――ッ!!」

その答えに笑った途端、不意打ちでぐっと腹の奥につき刺さったような感覚が起きた。内臓がぐっとせり上げてくる気分。弘文はほっとした表情でオレを見下ろしていた。かすかに額に浮かんだ汗。こんなふうに上気した顔は初めて見る。それがやけに――そそった。

「……こんなの、反則だぞ」

そんな気持ちを知られたくなくて、苦しい息の下で文句を言ったら、弘文は飄々《ひょうひょう》とした表情を浮かべた。

「テクニックといって欲しいですね」

どこがだよと言ってやりたいのに声が出ない。

「――っ、そんなに締めないでください。――良すぎる」

だからそういうこと言うな、あんたには羞恥心てもんが――あるわけないか。

でもこれはちょっとした発見だった。どうしたら締めるとか締めないとかはまだわからないけれど、とりあえずオレも単に受け身なだけじゃないらしい。弘文をこの程度には困らせたりできるんだから。立場的には情けなくてもいいか――。そのうち翻弄《ほんろう》するくらいになってやる。

けれどすぐに、そんな考えは甘いものだったと思い知らされる羽目になった。ゆっくりと弘文が体を動かす、そのほんのわずかな身動《みじろ》ぎが数百倍になってオレの内部に伝わってくる。

「――やめ、――動くな……っ」

そう言ったのと同時に長い指先がオレの中心に添《そ》えられた。

「――あ」

痛いだけならいい、だけどそうじゃない。初めて知る痛みまじりの快感に、感覚が混乱を来《きた》してくる。言うなればジェットコースターに乗っているような。早く降りたいのにまだ乗っていたい、怖いのに楽しい――。

時折キスをくれながら、弘文がゆっくりだった動きを速めてくる。もう何が何だかわからない――ただわかるのは、オレが今しがみついている相手は弘文だということ――オレが愛してる男だということ。

気が遠くなる寸前に、弘文の熱い迸《ほとばし》りを体内で受けた気がした。そして同時にオレも弘文の手の中で放《はな》っていた――。

ごく間近にぼんやりした逆光を浴びた輪郭《りんかく》が浮かんでいた。

「――気がつきましたか」

ぼやけた輪郭がすこしずつはっきりしていき、弘文の形になった。朦朧《もうろう》とした意識のまま、ちいさくうなずく。

「——朝？」

尋ねたオレの頬をゆったり撫でる。

「違いますよ。まだ夜中です」

小声で子供を寝かしつけるようにささやいた。

その頃になってようやくオレは自分が弘文の腕の付根《つけね》の辺りに顔をのせて、片腕で包まれるように抱かれていることに気がついた。——本当なら恥ずかしさで逃げ出したくなるような気分だけれど、体は土砂《どしゃ》ぶりの雨に打たれた服を着ているみたいに重くて動かすことさえ叶《かな》わない。

明日の朝目覚めた時、オレの体の機能は正常に働いているだろうか？

「弘文、オレの中に鉛《なまり》入れたろ——」

はっきりしない意識で呟くと、弘文が一瞬間を置いてから爆笑した。

「——んな、笑うな……」

回らなくなる舌を懸命に動かして声にする。

とりあえず、優しく髪を梳く指先に、髪を切るのは止めようかとぼんやり決めた。

「——愛してます」

そのささやきが聞こえたような気はしたけれど、そのときにはオレはもうすっかり眠りの淵《ふち》に落ちていた。


「おはようございます」

まだ寝惚けている耳に優しい声が入り込んでくる。

「体、つらいですか」

その響きと意味が少しずつ頭の中に浸透《しんとう》していって、オレの意識はぱしりと覚醒《かくせい》した。

がばっと跳ね起き、顔をしかめた。

「——ってぇー……」

片手で顔を支える。全身の倦怠《けんたい》感と腰の痛み。どうなってるんだ、まったく。昨日は酒で、今日はセックスで二日酔いなんて。

カーテンを引いた窓から差し込む冬の陽射しは、吹雪の後の穏やかさを見せていた。きらきら雪を反射して眩《まばゆ》く光っている。これで体さえ痛くなきゃ最高なのにと、そのさわやかさとあまりにもかけ離れた自分の調子にほとほと情けなさを感じていたら、ふっと支えるように肩に温かな手が添えられた。

「——大丈夫ですか？」

心配そうな顔がオレを覗き見た。目が合った瞬間、オレは布団の中に逆戻りした。

「尚季？」

弘文が怪訝《けげん》そうに声をかけてくる。だめだだめだだめだ。弘文の顔を見た途端、一気に昨夜の出来事がフラッシュバックで頭の中に蘇《よみがえ》った。最中は——夜の魔法にかかったみたいに恥ずかしいながらもどうにかやり過ごせた。でもこうして時間をおくとどうしたらいいのかわからない。あんなことをした相手にどんな顔を見せたらいいいんだ。

「——恥ずかしがることないですよ」

布団越しに頭を軽く叩かれる。

「……弘文は恥ずかしくないのかよ」

抗ったオレに、さらりと返事を寄越す。

「ええ、極めて幸福な朝ですが。頭の中で今まで何度もきみを抱いて、そのきみも素晴らしかったんですが、実物の素晴らしさは僕の想像以上でした。本物のきみには敵《かな》わない」

……だから言うなよ、そういうことを。こいつに正常な羞恥心を求めたオレがバカだった。

それを嬉しがってるオレも問題だけど。

「ところで起きられそうですか？　チェックアウト十分前なんですが」

「マジ!?」

跳ね起きたオレを、人を食ったような笑みが迎えた。

「嘘」

弘文の胸に抱きすくめられる。肌に当たる弘文のセーターの、カシミアの上質な、それでいてくすぐったい肌触りがどこか今の気分と似ていた。からかうように弘文が話しかけてくる。

「チェックアウトまであと三十分以上ありますが、そろそろ起きませんか？　浴衣姿のきみを見たらまた抱きたくなる」

それを聞いた途端、慌ててばっと身を離した。冗談なんかじゃないですよ、と弘文が笑う。

――ホントにもう。何だってこんな男好きになっちまったんだろう。――何だってこんなに幸せなんだろう。バカかオレ。

「――ところできみに渡したいものがあるんですが」

オレが着替えをすませると、弘文がちいさな箱を目の前に差し出してきた。

「どうぞ。開けてみてください」

手のひらに載せられた箱の蓋《ふた》を開けた。その中から出てきたものは――。

「指輪――？」

少し幅広で、シャープだけれど繊細な銀色の指輪。隣に腰を下ろして弘文も一緒にそれを覗き込んだ。

「――こういうものをきみは喜ばないとわかっていますが」

そっと取り出す。雪で作った指輪を触るように。

「昨日言いましたよね、好きなら証拠を見せてみろと。——それがきみに今僕が目にみえる形で渡せる証拠です」

顔を上げる。弘文は思わず背筋が伸びるくらい真剣なまなざしでオレをみつめていた。

「信じてください。——今まで誰にも指輪だけは渡したことはありません。指輪だけはきみにしか渡さないと決めていた。だからどんなにせがまれても贈《おく》ったことがないんです。いつかこうしてきみに渡せる日が来ることを願って——一種の願掛《がんか》けですが」

「……まさかそれで昨日出て行ったのか？　これを買いに？」

「そうです。さすがにこの辺りでは売っていませんから」

——なんてことだ。体から力がすうっと抜ける。

泣きたいのはどうしてだろう。ほっとしたのと驚いたのと嬉しいのと。

「さすがにあのときは僕も頭に血が上《のぼ》っていましたから。でもそれに反論できないことは自分自身が一番よくわかっていましたし。もちろんきみを思う気持ちに偽《いつわ》りがないことは言い聞かせたかったんですが、あの状態で素直に聞き入れてくれるひとじゃないでしょう？　きみも僕も、それぞれ頭を冷やす時間が必要だと思って、ちょうどいいから大通《おおどおり》まで行ってきたんです」

まさかその間にきみがあそこまで思い詰めていたとは知りませんでしたが、と付け足して。

——なんだよ、つまり一番のバカはオレってことか？　いろんな罠《わな》に引っ掛かって、ひとりで騒いで、疑って、傷ついて、傷つけて。笑いたかったのに、ふっと目から滴《しずく》がこぼれて指輪の上に落ちた。

「これから先、どんな誤解があっても——忘れないでいて欲しい。僕はいつもきみを思っています。受け取ってもらえますか——信じてもらえますか」

それはどうにかしてオレにもわかるようにと考えてくれた、目にみえる弘文の思い。うなずかないはずがなかった。

「良かった——」

ほっとした顔で弘文が微笑み、緩やかな力で肩を抱く。柔らかな唇が瞼に落ちる。肩から滑り下りた手がオレの手を取り、指輪を嵌《は》める。

「——サイズどうですか？」

「ぴったり。——ありがとう」

素直にそう言えた。こんなに嬉しいプレゼントはなかった。——やっぱり気持ちが肝心て本当なんだと思う。気持ちがなければただの品物でしかない。心がこもって初めて贈り物になるんだな。——だから。

キスをした。心を込めて。——これはただのキスじゃない。弘文の気持ちに答える証明になるように。

唇を離してそっと目を開けた。弘文が耳元に唇を寄せた。

「――愛してます」

昨夜眠りに落ちる寸前に聞いた言葉は間違いじゃなかった。同じ響きでささやかれる声。

――どうしてこんなに幸せになれるんだろう。

「……オレも」

そう伝えたら、弘文がまたくちづけてきた。

「……いつまでもこうしていたいのは山々なんですが」

名残《なご》り惜《お》しそうにそっと弘文が体を離す。

「もうそろそろ支度をしないと――」

ああ、そうか。チェックアウトになるもんな。希見たちと十時にロビーで待ち合わせもしてるし。そう思ってうなずいたオレに弘文が続けて言った。

「このまま昨夜のリピートになったらさすがにきみの体がもたない気がする」

思っていたのと違う理由を聞いた途端、迷いなく弘文の体を引きはがして立ち上がり、洗面所に向かった。

「ほら、弘文もさっさと支度しろよ」

照れも加わり座ったままオレを見ている弘文に、喧嘩口調でそう命じた。僕はもういつでも出られる準備は出来ていますから、とあっさり言葉を返された。

「きみの荷物もまとめてあります」

「……いつの間に」

子供扱いされてるようで悔しくて、呻くように歯ブラシを口にくわえたまま睨み付けた。

「きみがまだ眠っているうちにです。寝顔を見ていたんですが、そのままでいるとまたきみの傷を増やしてしまいそうな気分になって起きました。昨日の朝も今朝も、そのあたりの僕の忍耐力は認めて欲しいところですが」

——ホントにもう、なんなんだよ、弘文は。……どうして嬉しいんだ、オレは。

頬を引き締めて口をすすぎ、ざばざば冷たい水で顔を洗った。ほてった顔にはこの冷たさがちょうどいい。

息を吐き出し、顔にタオルを押しつけながら鏡の中の自分を見た。その奥に弘文が立ち、悪戯な微笑みを浮かべて鏡に映っていた。ばぁか、と恥ずかしくて憎まれ口を叩いたら、そうですね、と弘文は笑った。

いつまでこんな幸せな気分でいられるんだろう。きっとオレのことだから、また何かつまらない思い込みや勘違いで、疑ったり怒ったり喧嘩したりするんだろう。そんな確信は見事にある。

でも、それと同じだけ——ちゃんとそれを乗り越えていける自信もある。

だから平気だ。いくら自分でしかけた誤解の罠に引っ掛かっても、きっと弘文が助けてくれるから。あんたが万一引っ掛かったらオレが命がけで助けるから。

鏡に映っていた弘文の顔。今は隣に並び、オレの目に映る。そっと触れる指先。それを握り返す。ふっと笑みがもれた。

大丈夫。上手く行く。きっとちゃんと進んでいけるよ。

——ねえ。ふたりで。

トリップ・ジャングル

「それじゃあハヤシさんとカナコの大学卒業、ナオの『D』卒業を祝って」

カンパーイ、とブラちゃんがはしゃいだ声を上げた。だけど残念ながらそれに続くみんなの声はちいさい。

「ノリわるーい。もっとブラボーにカンパイしましょ」

「……昼間っからジュースでカンパイって言われたって気分出ねえよ」

尚季《なおとし》さんのぼやきは、うんうんとうなずくラメ研メンバーの心の声の代弁らしい。

今ぼくたちがいるのは函館に近い小さな町の道の駅の駐車場だ。朝札幌を出発してから何度目かのルート確認を兼ねた休憩になるけれど、そのたびブラちゃんはこうしてソフトドリンクで高らかに乾杯の音頭を取っているのだ。

「いいじゃない、何回カンパイしても」

三月末の寒さと暖かさが気持ちよく混ぜ合わさった空気の中、ブラちゃんが堂々と尚季さんに反論する。

「知らねえよ、ブラジル戻ってひとりで乾杯してこい」

文句を言った尚季さんを、ひどぉい、とブラちゃんはその言葉とは裏腹な、楽しげな口調で責めた。

「ラーメンでなら一日中乾杯してやってもいい」

缶コーヒーのタブを引いて沢口《さわぐち》さんがのっそり呟《つぶや》き、本気だな、本気よね、と林《はやし》さんと香《か》菜子《なこ》さんが顔を見合わせうなずき合った。

「みんな好きなもので好きなときに乾杯すりゃいいさ。それがラメ研なんだから」

前野《まえの》さんがペットボトルの紅茶を飲みつつ、誰にともなく声をかけた。途端に尚季さんは顔中にぱっと笑顔の花を咲かせて、ん、と素直に賛同した。その指には銀色に輝く指輪がある。ぼくには似合わないそんなアクセサリーが、尚季さんにはしっくり似合う。

それにしても相変わらず尚季さんにとって前野さんは絶対だ。前野さんが言うことにはちゃんと従うし、前野さんをみつめるくっきりした大きな瞳からは、お兄さんが大好きなんだということがひしひしと伝わってくる。

そんなふたりを眺めていたら、前野さんがすっとこちらを見た。目と目が合う。前野さんがやわらかく微笑《ほほえ》みかけてくれて、ぼくもちいさく笑ってそれに応《こた》えた。

春休み初日の今日、ラメ研のみんなで函館へ行き、温泉に一泊してくることになっていた。四年生ふたりの追い出しコンパと尚季さんのバンド活動が終わりを迎えた記念、そのふたつをあわせての小旅行だ。

本当は尚季さんの功労会は、当日まで内緒にしておいて尚季さんをびっくりさせる予定になっていた。それが何か事情があったらしく、この前中西《なかにし》さんから、事前に尚季さんに教えてしまったと報告と謝罪があった。

ばれてしまったこと自体はまったくかまわなかったものの、ただぼくが言い出したと知れば尚季さんが嫌がるんじゃないかとそれだけが不安だった。でも幸い、尚季さんはこうして来てくれた。

車二台に分乗して函館へ向かう車中で、後ろの席に腰を下ろした尚季さんは上機嫌だった。ぼくという、おそらく尚季さんにとって一番の天敵が助手席に乗っているにも拘《かか》わらず。運転している前野さんと中西さんに、尚季さんはうきうきとあれこれ話しかけていた。

尚季さんとふたりで話すなんてことは、今もやっぱり滅多にない。だけど出会った頃のような棘《とげ》のある雰囲気は近頃ではずいぶん薄れた気がする——ぼくが尚季さん、そして前野さんと同じ車に乗ることを拒否されなかったことが何よりの証拠じゃないだろうか。

去年の暮れ、ぼくと前野さんが関係をこじらせていたとき、尚季さんと中西さんが発破をかけてくれた。それでぼくは一歩前に進むことが出来た。そんなわけで勝手に、尚季さんも不承不承ながらぼくたちの仲を認めてくれたのかな、なんて思っているんだけど。

だからとりあえずはこの旅行をきっかけに、いくらか距離を縮められたらいいなと一方的に願っていた——とはいえそんなことを尚季さんに知られたら最後、即座に砂をかけられるに違いない。なんだかんだ言っても、尚季さんがぼくに好意を持っていないことは確かで、仕方のないことなんだから。ぼくと前野さんの関係はもちろんのこと、ぼくみたいな卑屈で自分に自信がないタイプの人間を尚季さんは嫌いだと思う。

今日も朝から、思い違いかもしれないけれど、尚季さんにちらちらと視線を飛ばされていた。何か言ってやりたいと思っていることがあるのかもしれない。確かにぼくのやることなすこと尚季さんの気に入らないことばかりだろうから、文句を言われても仕方がなかった。……何かありましたかとこちらから訊く勇気がないのも、尚季さんがぼくにイラッとする要因のひとつに違いない。

ジュースを飲み終えたブラちゃんと香菜子さんがトイレに向かう。尚季さんは中西さんと何か喋《しゃべ》っていて、前野さんは地図を広げ、沢口さん、林さんと道順を確かめていた。車の中でつまめるお菓子を買っておこうと、ぼくはひとりで売店に向かった。

運転中に食べるんだから一口サイズのものがいいよな——あれこれ並ぶ商品を品定めしている最中、ぽんと背中を叩かれた。顔を動かしたぼくの視界に入ったのは、見慣れた長身だった。

「あれ、確認は——」

「終わった」

あっさり答え、前野さんがぼくの隣に並んで一緒にお菓子を眺める。本当にちゃんと終わったのかなと思ったものの、前野さんが来てくれて嬉しいのも事実だった。今日はふたりになれる時間がなかなかなかったから。

「お、これ新発売だ」

「美味《おい》しそうですよね。あやかもこないだ食べたいって言ってた」

あれこれ並ぶ品物の前で喋っていたら、前野さんがぼくにすいとまなざしを向けた。

「大丈夫か、体」

「平気です。前野さん、運転上手《うま》いし。前野さんこそ疲れてませんか」

もともとぼくは乗り物酔いはあまりしないほうだ。しかも前野さんの運転は丁寧で、急にスピードを出したり無理に追い越したりなんてこともない。

「いや、そういうことじゃなくて」

前野さんが否定して、僕の腰に軽く触れた。

「昨日無理させたから」

耳元でささやかれ、一瞬後、ぼくは顔から火を吹きそうになった。

昨日、いつものように前野さんの部屋に行った。一緒に夕飯を食べ、そのあとでごく自然にそういう流れになった。だけど今朝の集合時間が早いし、その往路の運転を引き受けてくれた前野さんのことを考えれば、何もしないで帰るか、したとしても少しでやめておかなければと思っていた——、なのに。

「だ、大丈夫です」

声に色がついていたら真っ赤だったに違いない。前野さんは、そうか、とからかい混じりの半信半疑な表情を浮かべた。

「だといいんだけど。おれ昨夜かなりしつこかったから」

……このひとは。そんなさわやかな顔でそんなこと、さらっと言わないでほしい。

実はぼくと前野さんにとって、今回が初めての旅行になる。とはいえサークルの旅行だから部屋は男女それぞれ一部屋ずつ。もちろんみんなで来ている以上それが当たり前で、納得している。それでも前野さんは、せっかくの旅先で何も出来ないなんてと本気か冗談か悔しがり、そのぶん今夜可愛がっておくなんてものすごく油っこいことを言って、そしてその宣言どおり、さんざんぼくを泣かせてくれたのだ。

「ごめんな。ほどほどにしておこうと思ったのに、あんまりにも作原《さくはら》が可愛くて」

「だっ、だからそういうことは！」

思わず声が大きくなった。前野さんの唇の前で人差し指を立てるジェスチャーではっと我に返り、慌てて口をつぐむ。じろりと前野さんを睨《にら》むと、笑いをかみ殺していた。

――本当にもう。腹が立つのと、おかしいのと、幸せなのと。自分でもよくわからなくて困る。

手早く飴《あめ》とチョコレートを選び、そそくさと外に出た。

春の風がひゅるっとぼくに吹きつけた。

「うおっ、この焼きガニ最高」

「ふわふわー、すごいー」

「ブラボー、こんな美味しいの初めて」

タラバガニをほお張り、林さんと香菜子さん、ブラちゃんが顔をとろけさせた。それを見た沢口さんも自分の皿に手を伸ばす。雪みたいに真っ白なカニの身を口に放り、少ししてからおごそかな面持ちで口を開いた。

「……美味《うま》い。ラーメンに入れたい」

「またラーメンですか」

中西さんが笑って返し、ホント好きだよなあ、とカニの身をほぐしながら前野さんも目尻に皺《しわ》を寄せた。

大きな掘りごたつがある個室。そこに海の幸を中心にした新鮮な料理が運ばれてくる。今度こそビールで乾杯したのを皮切りに、次々に出される料理はどれも美味しくて、みんな感激して舌鼓を打っていた。

一時過ぎに函館に着いたあとは観光名所を回り、ホテルに着いたのは夕方だった。湯の川温泉の少しはずれにあるこの温泉宿は、こぢんまりしていて風情があって、従業員のひとたちも感じが良く、とても居心地が良かった。若女将《わかおかみ》は以前中西さんのお父さんの病院で働いていたそうで、今回の宿泊もずいぶん便宜を図ってくれているらしい。多分料理も相当サービスしてくれているんじゃないだろうか。ぼくたちが払った金額くらいじゃこんなに値の張ったものは出てこないと思うし、品数だって多くないはずだ。

有り難さと申し訳なさを感じつつトロの刺し身を味わっていたら、沢口さんが食べかけのカニの足を持ち、いきなりすっくと立ち上がった。

「このカニでラーメンが食いたい」

「無理でしょ、さすがに」

「そうよ、いきなり」

香菜子さんとブラちゃんがすかさず止めた。とはいえ聞き入れる沢口さんではない。カニを片手にすたすたと歩き出した。

「どうする?」

前野さんが中西さんにおかしそうに視線を送る。中西さんはちいさく息をつき、苦笑いを浮かべた。

「仕方ありませんね。ラーメンのこととなると一直線ですから」

「え、どこ行くんだよ」

立ち上がった中西さんに、尚季さんが慌てたように呼びかけた。

「沢口くんが行くところといえば厨房《ちゅうぼう》でしょう。彼をひとりで行かせるわけにもいきませんし」

そう微笑んで、すぐ戻りますと告げて部屋を出て行った。みんな慣れたもので、行ってらっしゃい、と軽やかに送り出す。

「いくらなんだっていきなり厨房貸してもらえないわよねぇ。でも沢口くんが納得するとも思えないし」

どうするつもりかしらとおっとりと香菜子さんが呟き、ダイジョーブでしょ、とブラちゃんがのどかに返す。

「ヒロフミが一緒だもん、任せておけばどうにかなるわよ」

アルコールが入ってほんのり赤く染まった顔で、からからとブラちゃんは笑った。

「『料理長に頼み込んでラーメンを作る』に千円」

そう林さんが言い出したのをきっかけに、料理長に作ってもらうだの、怒られて帰ってくるだの、いろんな推測が湧《わ》き出した。

そんなやりとりを聞きながら、ふと尚季さんに目が向いた。

その顔を見て、あれ、と思った。なんとなく覇気がないのだ——尚季さんの表情に。調子が悪いとかいうんじゃなくて、どことなく寂しそうな感じ。

なんでだろう、前野さんがそばにいるのに。今までこんなことはなかった気がする。

「……あの」

そろりと声をかけた。

「なんだよ？」

相変わらずぶっきらぼうな声とまなざしをぶつけられる。以前はそんな態度をされたら怯《ひる》んでいたけど、近頃はずいぶん慣れた。

「――ええと、美味しい、ですよね」

別に何か用があったわけじゃない。だから出てくる言葉はまるきりありきたりの、意味のないものだった。

「美味いな」

呆《あき》れ顔を投げられると思っていたぼくに返されたのは、意外にも険のない反応だった。

「こいつは昔から好き嫌い激しいんだよ。まずいものは手をつけないし、美味いものならペロッと食べる」

前野さんが口を挟むと、当たり前じゃん、と尚季さんは悪びれずに胸を張った。即座にブーイングの声が上がる。

「尚季くんは贅沢《ぜいたく》なのよぉ」

「そんなことねえよ」

「ううん、どんなことでもトモノリ甘やかしすぎだもん。ヒロフミなんてそれに輪をかけた甘やかしかただし」

そうブラちゃんに指摘され、尚季さんが一瞬唇の動きを止めた。

「……そんなことねえよ。普通だよ、普通」

「そんな普通がどこにある」

林さんが飄々《ひょうひょう》と突っ込んで笑いが広がる。

気のせいだったんだろうか——今なんとなく尚季さんの顔が赤くなったようにみえたんだけど。

「……あの、前から聞いてみたかったんですけど」

ウーロン茶で口を湿らせてから、そろりとぼくは問いかけた。

「尚季さん、卒業したら先生になるんですか？」

「だったら何だよ」

むすっとしてぼくを見る。いえ、と慌てて首を振った。

「ただちょっと意外っていうか」

「なに？」

尚季さんがぎろりと睨む。確かに自分でも言えば言うほど墓穴を掘っているのはわかっていた。教育大に通っているひとに訊《き》くのはあまりにも馬鹿げている。

「おい、どのへんが意外なんだよ」

すごむ尚季さんをコラと軽く諫《いさ》め、前野さんが言葉を拾った。

「尚季、子供の頃体弱かったって話しただろ？　どうしても学校も休みがちで。だけど担任の先生がいいひとでさ、勉強はもちろんだけど、同級生たちとの関係も上手く行くようにって工夫やフォローをいろいろしてくれて。そのおかげで授業にもちゃんとついていけたし、友達とも仲良くやれたし」

「じゃあその先生に憧《あこが》れて――？」

「悪いかよ」

そう突っ掛かってくる尚季さんの頬《ほお》が今度は間違いなく赤い。……ひょっとして照れているんだろうか。

「――可愛い」

声にするつもりはなかったのに、思った途端無意識のうちに呟いていたことに気がついたのは、真っ赤になった尚季さんの顔を目にした瞬間だった。

「……作原ッ！」

「すすすみません！」

尚季さんが怒鳴り、ぼくはがばっと頭を下げた。そんなぼくらのやり取りに香菜子さんが茶々を入れる。

「そうよねぇ、尚季くんって可愛いわよね、子供みたいで」

「馬鹿言うな！」

きいっと尚季さんが噛《か》み付き、眉間《みけん》に皺を寄せる。その反論に、えー、っとブラちゃんがわざとらしく声を上げた。

「だって実際コドモじゃなぁい？　大好きなお兄ちゃんにぴったりで、そのお兄ちゃんに恋人が出来たら必死に邪魔しちゃって」

ホントよねぇと同意した香菜子さんときゃっきゃと笑う。恋人という単語を出すときにブラちゃんが楽しげにぼくのほうを見た。じわっと頬が熱くなる。

それにしても尚季さんにそんな動機があって教師になろうとしているだなんて今まで知らなかった。憧れの先生の影響を受けて、それで同じ道に進もうとしているんだ——正直今まで尚季さんと教職というのがどうも結び付かなかったけれど、この話を聞いて納得できた。

そしてその一直線ぶりがなんとも尚季さんらしい気がして。

きっと尚季さんはいい先生になるだろう。まっすぐで、誰かに媚《こ》びたりせず、自分の意志を貫き通す。でもそう言ったらまた尚季さんに怒られそうだから、とりあえず黙っていることにした。

「……なにニヤニヤしてんだよ」

尚季さんがブスッとしてぼくを睨む。いえ、とぼくが首を振ったのと沢口さんが興奮気味に戻ってきたのは同時だった。

「夜食はラーメンだぞ。あとで特別に厨房使わせてもらえることになった」

えっとみんなが驚きと笑い混じりのどよめきを上げた。

「彼の熱意に料理長が根負けしたというところです」

沢口さんに続いて個室に入った中西さんが言い添えた。それを聞いた林さんがよし、とぐっと拳《こぶし》を握る。

「俺の勝ち。千円、千円」

張り切って方々に手を伸ばし、そんな賭《か》けしたっけ、とブラちゃんと香菜子さんにとぼけて返される。

「うわ汚え！　なぁ、言ったよな？」

林さんが前野さんとぼくに助け舟を求めてきて、言ってないわよねえ、と香菜子さんたちがしらを切る。そんなにぎやかさが広がる中、尚季さんは、おかえり、と中西さんにちいさな声をかけた。ただいまと中西さんがやわらかな微笑みで返す。それがなんともさりげない、自然な雰囲気だった。

前野さんと中西さんとも、前野さんと尚季さんとも違う、ふたりだけの——ふたりだけが通じ合っている、特別な空気。

兄弟でもなく、友達という感じでもなく、多分長年過ごしてきた時間が作り上げた関係なんだろう。

……あれ？　だけどそれなら、前野さんと中西さんだって条件は同じだよな。それがなんであのふたりだけ——？

ぼやんとそんなことを考えていたら、次の料理が運ばれてきた。大沼牛の陶板焼き。おおっと上がった興奮の声に、ぼくの疑問もかき消された。

「あれ」

声をあげたのと同時に足が止まった。大浴場まであと数メートルのところだった。隣を歩いていた前野さんも立ち止まる。

「どうした？」

「タオル、忘れちゃったみたいで——」

着替えが入った袋の中をがさごそ探ってみたけれど、やっぱりなかった。ここに着いてすぐ温泉につかり、上がったあとでタオル掛けに干しておいてそのままになっていた。

前野さんがぼくを見て、くくっと笑う。

「作原はしっかりしてるようで意外とそそっかしいよな。最初に話したときだって」

「……その節は大変お世話になりました」

恥ずかしさを噛み締めて、わざと慇懃《いんぎん》にお礼を言った。そう、ぼくが前野さんと親しくなったのも、ぼくの忘れものがきっかけだった。

「貸すぞ？」

「いや、取ってきます。先に入っててください」

以前と同じ前野さんの申し出に苦笑いで返し、ぼくは早足で部屋に向かった。

ブラちゃんと香菜子さんもお風呂、林さんは夜食のラーメンの仕込みをしている沢口さんの見学中で、部屋にはもう少ししてからお風呂に入ると言っていた中西さんと尚季さんがいるはずだ。

本当にうっかりすぎるよなぁ——いつまでたっても粗忽《そこつ》な自分にため息をつきつつ、部屋のドアを開けた。

「——あ」

返事を聞く前に中に入ってしまったことに気がついたのは、スリッパを脱いだときだ。自分の部屋の気安さでついドアを開けてしまったけれど、みんなで使っている部屋なんだから、ちゃんと確かめてから入るべきだった——そそっかしさを反省した端からこれだ。

もう一度廊下に戻ってノックをするか、それとも閉まっている部屋の襖を開けるときに声をかけるか、ほのかな明かりがついた小さな廊下で迷っていたときだった。

「——それで作原くんにはお礼を言えたんですか？」

いきなり自分の名前が出てきてビクッと体が揺れた。中西さんの声だ。

「……まだ」

ぽそっと答える声——尚季さんだ。

なんだろう、尚季さんに感謝されるようなことなんて何もしていないけど。

それにしてもタイミングが悪すぎる。褒められていたとしても貶《けな》されていたとしても、自分の話題が出されているときに入っていくのは相当な勇気がいる。

どうしようとためらっているうち、部屋の中では会話が先に進んでいった。

「ちゃんと言わないと駄目ですよ。きみの功労会をしようって最初に考えてくれたのは作原くんなんですから」

「わかってるよ。……ただタイミングが」

尚季さんの歯切れの悪い返事を聞いた瞬間、そうかとはっと気がついた。

朝からずっと尚季さんがぼくに何か言いたげだったのは、気のせいじゃなく、多分本当だったんだ。

何もお礼なんかいいのに——そう思いつつもこの状況でそう口に出せるわけもなく、ただ居心地悪く立ち尽くすだけになる。とはいえ立ち聞きは失礼だ。話題が変わるまでここで待っているわけにもいかないし、タオルは諦《あきら》めて部屋を出ようとしたとき、襖越し、また中西さんの声が伝わってきた。

「本当に作原くんには感謝しないと。自分にあんなひどいことをした人間を許して、その上功労会まで考えてくれて」

中西さんの声がちょっと険しいものになる。

ひどいことっていうのは多分、あの夏の日の、ぼくを犯そうとしたときのことだろう。確かにあのとき尚季さんがぼくにしたことは、相当ひどいことだと思う。でも今となってはなぜか恐怖を感じない。誰かを暴力でねじふせるということ自体は、絶対に許されることじゃないけれど。

「作原くんは許してくれても、僕はまだ許してませんよ。作原くんのためにも、僕のためにも」

中西さんのその言葉を聞いて、あれ、と思った。中西さんのため――？　どういうことだろう。そういえばこんな不思議な感覚は、前にも感じたことがある気がする。いつだっただろう――そうだ、ぼくが尚季さんに襲われたとき。あの後前野さんに会いに行ったときに、中西さんが言ったんだ。前野さんがライバルなのは分が悪い、焦りたくもなる、とか。ずっと忘れていたことを今唐突に思い出した。

「弘文のため？　なんだよ、それ」

不意に尚季さんの尖《とが》った声が聞こえてきて、ぼくもついそちらに意識を向けた。すぐに中西さんの、わかってませんね、と少し呆れたふうな声が続く。

「恋愛感情が絡んでいないとはいえ、僕以外の人間と寝ようとしたんですから。怒って当然でしょう？」

耳に入った直後、頭の中が真っ白になった。耳に入ってきたのは、あまりにも思いがけない言葉だったから。

……ちょっと待った。中西さん以外の人間と尚季さんが寝ようとして、それを中西さんが怒る。――それってつまり。

尚季さんと中西さんが付き合ってる、そういうことなんだろうか――？

ええっと声が上がりそうになり、慌てて止める。

驚いた。驚きすぎて心臓がばくばくした――尚季さんと中西さんが恋人同士だなんて。

でもちょっと考えてみたら、納得できることだった。中西さんと尚季さんの間に流れる空気が特別なのも、中西さんがいないときに尚季さんが寂しそうにみえたのも、中西さんが前野さんにぼやいたのも、そして尚季さんがぼくにした行為を中西さんが許さないと告げたのも。

――そうか、そういうことだったのか。

不思議と違和感はなかった。ふたりの空気は本当にぴったりと、お互いに馴染《なじ》んでいるから。

前野さんは知ってるんだろうか――多分前野さんと中西さんの仲だからわかっていると思うけれど、ぼくからは話せない。となるとしばらくはこの事実をぼくの心の中にだけおさめておかなければいけない。前野さんに会う前に落ち着きを取り戻さないと、今のままじゃすぐにばれてしまいそうだ。

そろりとスリッパに足を入れかけたら、あ、といきなり尚季さんの強めの声がして、侵入者のぼくはびくっと肩を揺らした。

「風呂、弘文とは一緒に入らないからな」

尚季さんの力強い宣言がはっきりとぼくの耳まで届いた。どうしてですか、と中西さんがのんびりと問いかける。

「……こないだみたいなことされたら困るから」

少しちいさな声で尚季さんが答える。

こないだみたいなこと——？　どういうことだろうと怪訝《けげん》に思う間もなく、中西さんが続けた。

「さすがに僕も人がいるときにはあんな真似はしませんよ。きみがしてほしいとせがめば別ですけど」

「言うかよ！」

尚季さんの怒鳴り声が気のせいか甘ったるい。

あんな真似というのがどんなことなのか、なんとなく想像がついて、ぼくの頬まで赤くなってしまいそうだ。くくっと中西さんの低い笑いが響いた。

「可愛い、本当に」

それに続けて衣擦《きぬず》れの音。少しの間沈黙が続いた。

「……どうしよう、抱きたくなってきた」

艶《つや》のある中西さんの訴えを、バカ、と尚季さんが即座に撥《は》ね付ける。

「するわけねえだろ、みんなの部屋だぞ。大体弘文が十分やそこらで終わらせるわけないだろ」

「早いのがお好みならそうしますが」

バカ、ともう一度尚季さんの罵声《ばせい》が響く。

「だからふたり部屋がいいって僕が言ったのに。それをきみがみんな一緒がいいって拒むから」

からかい半分、本気半分の口調に聞こえた。確かに最初はふたり部屋を四つ取っていた。それが途中で大部屋ひとつと、ブラちゃんと香菜子さんの部屋ひとつに変わったのだ。その変更に尚季さんの希望が働いていたのか——。正直意外だった。

中西さんの言い分に、だって、と尚季さんが反発する。

「だって、なんですか？　やっぱり僕よりお兄ちゃんがいいですか？　今日もずっと楽しそうでしたよね」

中西さんの声がどことなく嫉妬《しっと》めいて聞こえた。あの冷静な中西さんでも妬《や》いたりするんだ——ちょっと驚いたけれど、それだけ尚季さんを好きだということなんだろう。

「なに言ってんだよ。そうじゃなくて、これが最後になるかもって思ったから」

「最後？」

中西さんが問い返す。ぼくも一緒に訊きたくなった。いくらか間をおいてから、尚季さんが喋り出した。

「倫紀《とものり》と旅行する、最後。これからは旅行するときは倫紀は作原と行くだろうし、……オレは弘文とふたりだけで行きたいし」

ぼそぼそとささやかれた言葉にぼくの胸もじんわり温かくなった。尚季さんがぼくと前野さんの関係をここまで認めてくれてることが嬉しい。そして尚季さんが中西さんを本当に好きなことが伝わってきて、こちらまで照れくさい幸福感を味わわせてもらった。

「――まったくもう、きみは」

中西さんのやわらかな、静かな声がした。尚季さんのことを思っているのが感じられる、おだやかさと情熱とが混ざり合った響き。

「やっぱり押し倒していいですか」

「駄目だって言ってんだろ！」

怒鳴る尚季さんの顔がどれだけ赤くなっているか見てみたい、なんて言ったら張り倒されるだろうか。

「わかりました。ただし覚悟しておいてください。帰ったらすぐ抱きます」

中西さんがおだやかに、熱烈な通達をする。

「……好きにしろ」

尚季さんの返事は尖っているくせに甘かった。

そうか、そうだったのか——しみじみ納得していたら、いい風呂だったなあ、と廊下を歩く人たちの話し声がくぐもって響いてきた。それを聞いて我に返る。こんなところで何をしてるんだ、ぼくは。慌ててスリッパを履き、そっと部屋のドアを開けて通路に出た。

小走りで大浴場へ向かおうとした途端、角を曲がってきた前野さんにばったり会った。

「遅いから心配になって。どうした？」

まさか事実を伝えるわけにもいかない。言い訳を探して、いやあの、と口ごもっていると、前野さんはにやっと目を細めた。

「もしかして弘文と尚季？」

「えっ！」

素《す》っ頓狂《とんきょう》な声を上げた瞬間、これじゃ思いきり肯定しているようなものじゃないかと気づいたけれど遅かった。

「いや、そうじゃなくて」

あたふたと弁明したぼくに、やっぱりか、と前野さんは苦笑した。

そう言うってことは、やっぱり前野さんはふたりのことを知ってるんだと理解した。

「あいつらイチャイチャしてた？　作原を行かせてから、今弘文と尚季ふたりきりだから、もしかしてって思って」

「……部屋に入ろうとしたら、ふたりが話し始めて。ついそのまま聞いちゃいました」

「びっくりしただろ。黙っててごめんな。まだ作原には衝撃が強いかなと思って、もう少ししてから話そうと思ってた」

いえ、とぼくは首を振った。

確かに前野さんにどう教えられても驚いただろうし、なかなか信じられなかっただろう。でもこうして実際の会話を聞いて、相当びっくりしたものの、間違いなく事実なのだとしっかり信じられた。

「――似合ってますよね、尚季さんと中西さん」

ぼくの呟きに、うん、と前野さんもうなずいた。

弟と自分の親友が付き合うのは、やっぱり複雑な部分もあるんだろうか。前野さんも同性のぼくと付き合っているんだけど、家族や友達のこととなるとまた別な気がする。

――いや、前野さんならどんなことでも飄々と受け止めてしまうだろう。懐の深いひとだから。そんな前野さんだから、ぼくをまるごと包んでくれるんだ――。

「――前野さん」

そろりと声をかけた。ん、と優しく返される。

「……明日札幌に帰ってから、何か用事ありますか」

「いや、特にないけど？」

「じゃあ帰りに寄ってもいいですか。――今夜の仕切り直し、っていうか」

誘いの言葉をもそも口にしながら、自分の頬がじわりと熱くなるのがわかる。

こういうのを当てられたっていうんだろうか——？　わからないけれど、ものすごく前野さんとふたりになりたかった。抱き締めたい、抱き締められたい。心も体も前野さんを欲しがっている。

「……今それ言うの反則だろ」

前野さんがため息をつき、さっとぼくを人気のない通路に引っ張った。すぐに熱いキスが唇をふさぐ。

「——くそ、なんで大部屋かな」

忌ま忌ましげに前野さんが呻《うめ》いた。

「風呂は中止。裸の作原見たら絶対襲う」

きっぱり断言してぼくをきつく抱き締めた。苦笑してぼくは前野さんの顔を見上げた。前野さんの表情は、ぼくと同じ気持ちでいてくれているらしいことが伝わってくるものだった。

前野さんに出会えて本当に良かった。ラメ研に入って良かった。みんなと知り合えて良かった。ぼくをジャングルから連れ出してくれたのが、前野さんで良かった——。

蕩《とろ》けそうな幸せを感じながら、ぼくは前野さんの背中に腕をまわした。

——思いきり、愛を込めて。

あとがき

こんにちは。お元気にお過ごしでしょうか？　札幌も朝窓を開けたときの空気に、少しずつ春の気配が感じられるようになりました。

そんな軽やかな季節にずっしり雪率推定九十パーセントなこの本をお手に取ってくださり、本当にありがとうございます。今回の話は一月に出していただいた「ジグソー・ジャングル」の続編になります。一応続きものではありますが、前作をご存じなくても読んでいただける作りにしてあるつもりですので、お気軽にお手に取っていただけますと嬉しいです。

ところでノベルズ版でこの話を出していただいたのは、今から十五年ほど前になります。さすがにそれくらい経つと、今だったらこういう書き方はしないだろうなと思うところもあれこれあって、たとえば今回は作原と尚季が同じようなことでぐるぐる悩んでいますが、ノベルズ版のあとがきによれば、性格が違うふたりが似た状況に陥ったときにそれぞれどんな反応をするかを楽しみたいと思って書いていたようなのです。が、なんというかつまりは自己満足で、読んでくださるかたへの配慮が足りないような……。いや、現在はノー自己満足なおかつお読みくださったかたに楽しんでいただける話を書けているのかと言われればまったく自信はないのですが。今も昔もダメダメ……？　も、申し訳ありません。

それでも書いている最中、とても楽しかった記憶があります。なので今回の直しも、わーとかぎゃーとか心の中で何度も絶叫しながらも、当時の気持ちが蘇ってきて新鮮な気分でわくわく進めることが出来ました。

そんな懐かしさいっぱいのこのシリーズを出していただくにあたって、たくさんの方々にお力添えをいただきました。心よりお礼申し上げます。

ルチル編集部の皆様、とりわけ担当の岡本様には今回も大変お世話になりました。お誘い、本当にありがとうございました。

梶原にき様、ノベルズ版に続きこの度も素敵なイラストをどうもありがとうございました。いただいたラフを見てはうっとりする毎日です。ストイックなのに色っぽさもあって、本当ににきさんが描かれる世界がずっとずっと大好きです。

そしてこの本をお手に取ってくださったかたに、心の底からありったけの感謝の気持ちをお伝えしたいです。携帯電話もない古い時代の話にお付き合いくださいまして、ありがとうございました。ほんの少しでも気に入っていただけたところがありましたら、昔の私も今の私もこの上なく幸せです。よろしければどうぞご意見やご感想、お聞かせくださいませ。

また、お会いできますように。

二〇一二年　三月

桜木　知沙子

✦初出　ジングル・ジャングル…………小説花丸
ジャンピング・ジャングル……小説花丸
トラップ・ジャングル…………花丸ノベルズ「ジングル・ジャングル」(1996年12月)
トリップ・ジャングル…………書き下ろし

桜木知沙子先生、梶原にき先生へのお便り、本作品に関するご意見、ご感想などは
〒151-0051 東京都渋谷区千駄ヶ谷 4-9-7
幻冬舎コミックス　ルチル文庫「ジングル・ジャングル」係まで。

幻冬舎ルチル文庫
ジングル・ジャングル

2012年4月20日　　第1刷発行

✦著者	桜木知沙子　さくらぎ ちさこ
✦発行人	伊藤嘉彦
✦発行元	株式会社 幻冬舎コミックス 〒151-0051 東京都渋谷区千駄ヶ谷 4-9-7 電話 03(5411)6432[編集]
✦発売元	株式会社 幻冬舎 〒151-0051 東京都渋谷区千駄ヶ谷 4-9-7 電話 03(5411)6222[営業] 振替 00120-8-767643
✦印刷・製本所	中央精版印刷株式会社

✦検印廃止

ISBN978-4-344-82500-0　C0193　Printed in Japan